岬 鷺宮
illustration◊ヤス
原作◊映画「ふれる。」
Wanna t(ouch) you
ふれる。
FURERU
Spin-off

小野田秋
Aki Onoda
祖父江諒
Ryo Sobue
井ノ原優太
Yuta Inohara
浅川奈南
Nana Asakawa
ふれる
FURERU
鴨沢樹里
Juri Kamozawa

―プロローグ―

―【T（ouch）you】―

FURERU

『それ』は、人と人とのつながりの中に生まれた。

通じ合う心。交わされる言葉。触れ合う肌の境界線。

そこに生じる細い糸が、きっと『それ』の最初の姿だった。


人の間を媒介する度、『それ』は徐々に大きくなっていった。

意思のようなものを持ち、人の感情を理解し始めた。生き物に近い形さえ得た。

そして、『それ』は願うようになった。

自分の生きる人の間《こ》が、穏やかであって欲しいと。

身体《からだ》に流れ込む彼らの感情が、平和で心地好《ここちよ》いものであって欲しいと。

だから、人々の不和が限界に達したある日。『それ』は、人間同士をつなぐことにした。

言葉を介することなく、直接心と心で。そこに少しだけ手心を加えて。

その不思議な力は、初めは彼らに歓迎された。

人々はもう一度団結し、『それ』に感謝した。『それ』も彼らの幸福を喜んだ。

満ち足りた関係が、いつまでもいつまでも続いていくと思われた。

けれど――。

＊

その洞窟に光が差し込んだのは、何世紀ぶりだっただろう。
乱暴によけられる入り口の岩。眩《まばゆ》い陽光が差し込み、水面で乱反射する。
そして、小さく開いた外界への穴。その向こうから覗《のぞ》く、誰かの顔――。
突然の出来事に、『それ』は身を硬くした。
人だ。人が来た。
あの日、ここに閉じ込められて以来、初めて誰かがやってきた。
『それ』の動揺もよそに、人間の目は洞窟内を見回す。
視線が現在の『それ』に向けられ、大きく見開かれる。
長い年月を経て、『それ』は原初の姿に戻っていた。
つまり、人と人をつなぐもの。洞窟中に張り巡らされた『糸』の形に。
訪問者の驚く様に、『それ』は閉じ込められた当時のことを思い出す。
向けられた怒り、恐怖、そして痛み。
嫌われたのだと、もう誰も自分を必要としてくれないのだとはっきり理解した。
だからこの人間も、たまたまここを見つけただけなんだろう。

自分しかいないとわかれば、すぐにどこかへ去ってしまう。そう思った。

けれど——意外にもその訪問者は、狭い入り口をくぐり抜ける。

たどたどしい足取りで、洞窟内に歩を進める。

そこで、ようやく気付いた。子供だ。

やってきたのは、まだ年端《としは》もいかない男の子だった。

身につけている衣服は、かつて見た人々とずいぶん違う。

凛《りん》とした顔に浮かぶ表情はどこか不安げ。同時に酷《ひど》く無防備にも見えた。

見守る『それ』の緊張感とは対照的に、少年は何気なく顔を上げる。

視線の先には、垂れ下がった糸がある。

細く揺れる頼りない糸。『それ』自身の一部。

そして彼は——ごく自然にそこに手を伸ばした。

『それ』は身構える。思い出されるのは、これまでのことだ。心に固く防御態勢を取る。

けれど……少年は穏やかな顔をしている。

小さくほほえむような、楽しげにさえ見える口もと。

その表情は、ただの好奇心によるものだったのかもしれない。

少なくとも、優しさの発露ではなかったのだろう。

それでも、あどけなく見える面差しに、『それ』の気持ちに変化が生まれた。

怖い人では、ないらしい。

自分を嫌っているわけでも、ないようだ。

張り巡らされた糸の中、もう一度確かな願いが頭をもたげる。

そして、少年の指が細い糸に。震える『それ』に、優しくふれる——。

第一話 【秋の求職日記】

FURERU

島を出て、東京に来て、あっという間に二週間が経《た》った。

街を行く人の多さにも、ひしめき合うビルの群れにもずいぶん慣れた。

夜空を見上げて「普通に星、見えるんだな」と思う余裕さえできた。

だけど、現在。

諒《りょう》、優太《ゆうた》とやってきたチェーン居酒屋。その片隅のテーブル席で。

「──いや今年単位マジやべーから！　ガチで留年だから！」

「──えーないない！　清潔感とかじゃなくて、生理的に！」

「──推しのこと考えたら、バイト増やした方がいいかなって……」

「……」「……」「……」

俺たちは周囲の客の声量に気圧《けお》され、会話もままならないままビールを口に運んでいた。

マジかよ、とどん引きしつつイラついている諒《りょう》。

困ったねえ、と苦笑いしている優太《ゆうた》。

そして俺も、どうしたものか……ともう一度ジョッキを呷《あお》った。

東京都新宿区高田馬場《たかだのばば》。学生街として名高い地域だ。

この街では、安居酒屋は大体どこもこんな感じらしい。

テンションの高い若者たちが、慣れない酔いにハメを外しまくっている。

飲み過ぎて大騒ぎして騒音をまき散らし、最終的にはロータリーで派手にリバースしてしまう。

当人たちは楽しいんだろうけど、周囲にとっちゃ迷惑この上ない。

もうちょっと値段の高い店に行けば、雰囲気も変わるんだろうか。

まあ、もちろん上京直後の俺たちに、そんな経済的余裕はないんだけど。

「はぁ……」

能面みたいな顔でコーンバターを運ぶ店員を眺めながら、俺は深くため息をついた。

今日は二人に、相談に乗ってもらうつもりだったんだけどな。

バイト探しが上手《うま》くいってなくて、既に働いたり学生をやったりしている二人に、アドバイスをもらうつもりだったんだけど。

「……まあ、こうなったら」

ジョッキを飲みきり、俺は二人の顔を見る。

「『あれ』しかないか……」

きっと、その声は彼らに届いていない。

それでも、俺の考えていることはなんとなくわかるんだろう。

諒《りょう》と優太《ゆうた》は小さくほほえみ、俺にうなずいてみせる。

そして、三人同時にテーブルの下で手を伸ばし——その指先を、短くふれさせた。

——瞬間、時間が止まった感覚を覚える。

世界の色が変わったような、意識にフォーカスが合うような感触。
そして──彼らの気持ちが、考えていることが指先からなだれ込んでくる。

『やべえなー客のはしゃぎ方』
『全然話できないねー』
『店変えるか？』
『いやーどこ行っても同じでしょ』
『まあそうかー』

二人がこちらを向く。
指先を通じて、こんな風に俺に問う。

『秋《あき》、相談はこのままする感じでいいか？』
『別のとこに移りたい？　もう家帰っちゃう？』

だから俺は、同じように。
指先を通じて、心で二人に応えた。

『いや、このままで大丈夫だよ』

『話はこれでできるし、十分だ』

『おっけ』

『じゃあこのままで。おし、ほっけも頼むか』

『あ、俺だし巻き卵もー』


──ふれる。

幼い頃俺が出会った、ハリネズミに似た生き物。

彼は俺たちに、こんな不思議な力をくれた。

お互いにふれることで、そこから考えが伝わる。

言葉を介さずに、気持ちを伝え合うことができる、そんな力を。

一種のテレパシー？　超能力なのか？　詳しいことはわからない。けれどとにかく、俺たちはその力のおかげでこういう賑《にぎ》やかな場所でも、手の平や指先を通じて会話することができるのだった。

『諒《りょう》、魚好きだよねー』

『おー、親父《おやじ》漁師だったしな』

『むしろ、舌が肥えてジャッジが厳しくなったりしないの？』

『いや、俺割とバカ舌なんだよ』


声を使わないまま、たわいもない会話をしている諒《りょう》と優太《ゆうた》。

そもそも、三人が仲良くなったのもこの力がきっかけだった。

幼い俺は、口より先に手が出てしまいがちな問題児で。そんな俺が諒《りょう》、優太《ゆうた》と仲良くなれたのは、言葉抜きで気持ちを伝えられたから。

友達になって以来、三人と一匹はいつでも一緒だった。

俺たちは親に内緒でふれるを育て、ともに遊び、こうして大人になった。

今この瞬間こそ、ふれるには家で待っててもらっているけれど、今回の上京にも連れてきている。諒《りょう》、優太《ゆうた》、ふれる、そして俺——小野田秋《おのだあき》で、揃《そろ》って島を出てきたのだった。


『で、秋《あき》の相談の件』

『バイト探しのことだろ？』


テーブルの下、指先を通じて話題が本題に入る。

『うん、なかなか決まらなくて。面接まではいけても、そこで落とされるんだ』

『はー、厳しいもんだね』

『まー働きてえやつは山ほどいるだろうしな、この街』


コールセンター、IT企業の事務。ルート営業にデータ入力。

職種を選ばず色んなバイトに応募したけれど、見事に全て落ちてしまった。

まさか、こんなに仕事が見つからないなんて。

都会に出てくれば、働き口は簡単に見つかると高を括《くく》っていた。

けれど、諒《りょう》の言う通りだ。

人が沢山いれば、働き口だけじゃなく優秀な求職者も増える。

そんな中、高卒で大した資格も持っていない、口だって達者じゃない俺は、どうしても仕事先を見つけられないままずるずる暮らすことになってしまった。


『ひとまず、日雇いでちまちま稼いでるけど』

店員が持って来たビールのおかわりに口をつけ、俺は続ける。

『そろそろ、マジで安定した仕事を見つけたいんだ』

『だよなー。毎日違う職場はつれーよな』

『給料だって低いだろうしねー』

うんうんうなずいている二人。

こいつらは、既に東京での居場所を見つけている。

日本随一の服飾学校、清水服飾学院に通っている優太《ゆうた》と、上京前に不動産会社への内定をもらっていた諒《りょう》。

二人についていく形で故郷である間振島《まふれじま》を出たけど、俺だけが未《いま》だこの街に、腰を据えられないでいる。

『だからもう、贅沢《ぜいたく》言ってる場合じゃないのかなって』

テーブルに視線を落とし、俺はため息交じりにそう考える。

『今までは、一応給料とか条件とか気にしながら探してたけど。キツかろうと安かろうと、とりあえず受かるところを探すべきなのかなって思い始めた』
『あー、な』
『そっかー、条件の見直しもありなのかもね』
『受かんないんじゃ仕方ないしな』
『背に腹はかえらんないねー』

うーん、と考え込む二人。
やっぱりここは、簡単な問題じゃないみたいだ。
隣の席で、学生たちがサークルの話で馬鹿笑いをしている。
そんな彼らを、うらやましさ半分、妬ましさ半分で横目に見ていると、

『……いやでも、もうちょいだけ粘ってみてもいいんじゃね？』

指先越しに、諒《りょう》がそんなことを言う。
『合わねー職場選んで、続かなかったり身体《からだ》壊したりしたらそれこそ元も子もねーし』
『あ、俺も同じようなこと言おうと思ってた』

うんうんうなずいて、優太《ゆうた》もそう続ける。

『無理はしない方が良《い》いよ。条件緩めるにしても、秋《あき》に合いそうな業種に絞るとかね』

『確かに。楽しい仕事ならキツくても続けられるかもな！』

『そうそう！　ファッション業界とかも、大体そんな感じだし！』

『ああ。俺に合う業種、かあ……』

テーブルに視線を落とし、考えてみる。

優太《ゆうた》のように大好きなものがあるわけでも、諒《りょう》のようにコミュ力があるわけでもない。

学歴も職歴も資格もない。そんな俺に合う職場。

……なくないか？

そんな都合の良《い》いところ、あるはずないんじゃ……？

けれど、そんな考えも二人には筒抜けで、

『いやいや、あるでしょ』

『だな』

『……そうか？』

『例えば……モデルとかどう⁉　背が高いし！』

『いや、人前に出る感じの仕事はちょっと……』

『じゃあ……建築業とかどうだ？　腕っ節強かったし、意外とそういうとこ合うんじゃね？』

『ああいうのこそ、上下関係厳しいんじゃないのか？　俺に務まるかな……』

『んー……』

『そうだなあ……』


指先を通じる思考が途切れる。

それまでも表面的には無言だったのに、テーブルが急に静かになった気がする。

だから、

「——ほっけとだし巻き卵でーす」


響いたその声。

指先から伝わる気持ちじゃない、誰かが発した音、言葉。

反射的に顔を上げると、店員さんがテーブルに皿を置いてくれるところだった。

ぞんざいに並べられる、居酒屋のロゴが入った皿たち。

その上には、さっき諒《りょう》がタッチパネルで頼んでくれた料理が載っている。

決して、上等なメニューとは言えないだろう。

だけどリーズナブルで、それでもきちんと美味《おい》しいこの店の料理たちが、俺は決して嫌いじゃなかった。

それに手をつけようと、二人にふれていない右手で箸を手に取ったところで、

「──飲食は⁉」

ふいに──諒《りょう》が大きな声を上げた。

「秋《あき》、飲食とか合うんじゃね⁉」

「あーなるほど！」

間髪いれず、優太《ゆうた》もパッと笑みを咲かせる。

「わかる！　ハマりそうだよねー、飲食！」

「な、なんで……」

動揺で、思わず声に詰まってしまった。

もどかしくて、テーブルの下で二人の手を摑《つか》み直す。

『なんで俺が、飲食なんて。確かに、島では定食屋のバイトしてたけど……』

『いや、秋《あき》の飯マジでうめーから』

『ね、いつも作ってくれる朝ご飯。気が利《き》いてて、センス良《い》いなーと思ってたんだよね』

確かに、三人で暮らすようになってから朝食作りは俺の仕事になっていた。

元々二人には料理の腕を褒められていたし、台所に立つのが好きな自覚もあった。

『それは、そうかもしれないけど……』

『しかも秋《あき》、いつも楽しそうに料理してるじゃん！』

『そんなことねーって！』

『……でも、あれくらい誰だって』


「飲食業界、人手不足だって言うしな」

声に出して、店内を見回しながら諒《りょう》は言う。

確かに、客の数に比べてホールスタッフの人数が少なめには見える。

「こういうキツい店は厳しいだろうけど、探せば落ちついた店もあるだろ？」

「だねだね！」

妙にうれしげな口調で、優太《ゆうた》は続く。

「それこそ、食べ歩き感覚でお店巡りしてみれば？　秋《あき》の気に入る店があるかも」

「ああ、なるほど……」

確かに、それは一理ある気がした。

裏側がわからない職場に飛び込むんじゃなくて、客として雰囲気を知ってから応募する。そっちの方が安心して働ける気がするし、なんとなく。そういう空気感の合う店になら、雇ってもらえる可能性が高そうな気がした。

「やってみるかな……」

ほっけを口に運び、俺は小さくつぶやく。

「高田馬場《たかだのばば》、飲食店巡り……」

その声が届いてるのかは定《さだ》かじゃないけれど。

それでも、諒《りょう》と優太《ゆうた》はうれしそうな顔で俺にうなずいてみせてくれたのだった。

＊

そんな経緯で。

翌日から、近所の飲食店を回ってみる毎日が始まった。

千円以下で満腹になれるコスパ最高の定食屋から、ちょっとお洒落《しゃれ》なイタリアン。

ミシュランに毎年載るというラーメン屋や、長年愛される個性派居酒屋まで。

総じて、出される料理の味は良かったと思う。

安い店は安いなりの、そうでない店はそうでないなりの美味《おい》しいメニューたち。

地元の島にこんな豊かな食文化はなかったから、これが東京か、と改めて思い知らされたところもあった。

ただ、

「んー、困ったな」

そんな毎日の中でたどり着いた、喫茶店。

友人同士で話している学生客の傍《かたわ》らで、俺は頭を抱えていた。

「めぼしい店は回れたけど……俺に合いそうなとこがない」

料理自体は、本当に良かったんだ。

どの店で働くことになったとしても、調理技術を磨くのは楽しいだろうなと思う。

飲食業界を目指すのは、やっぱり方針として悪くない。

けれど、

「みんな、コミュ力高そうなんだよなあ……」

働いている店員さん。

それが全員、コミュニケーション強者に見えたのだ。

「それが、必須条件っぽい気がするんだよなあ……」

大きい店のホールスタッフはもちろん。ガヤガヤ働いている定食屋の厨房《ちゅうぼう》スタッフも、こだわりの強そうな最新のラーメン店も、なんというかこう、人との会話の得意そうな。おしゃべり好きっぽい人がほとんどのように見えていた。

俺は、まごうことなき口下手だ。

ふれるの力がなければなかなか気持ちを伝えられない。

そのサポートがなければ、今も友達ゼロ人のまま島に引きこもっていただろうと思う。

そんな俺が、ああいう職場で上手《うま》くやっていけるのか……。

ため息をつき、コーヒーを飲みきると店を出る。

完全に日の沈んだ空を見上げ、今日はもう帰ろう、と思う。

あと何軒か巡ってみるつもりだったけど、なんだか疲れてしまった。今夜は元気の出そうなものを食べて、考えるのは明日にしよう。

そう、思っていたのだけど。


「……ん？」


歩いていた通りのわき。

なんだか、気になる店が目に入った。

窓の向こうに広がっている、大人びてこぢんまりした客席。

店員は……カウンターの奥に一人だけ。こちらも落ちついた雰囲気の、大人の男性だ。

開店はしているようだけど、まだ客はいないらしい。

時間的に、オープンしてすぐだったのかもしれない。

見回すと、窓のわきに看板が掲げられている。

――BAR とこしえの椅子

「……バーか」

考えてみれば、バーはこの飲食店巡りで訪ねていなかった。

なんとなくハードルが高い気がしていたし、未経験だから勝手もわからなかった。

けれど、もう一度覗《のぞ》き込んだ店内。

穏やかな内容は俺の好みで、カウンターの中の店主も機嫌良さそうで。

気付けば、俺はその入り口のドアに手をかけていた。

「いらっしゃい」

店内に入ると、店主の力の抜けた声が出迎えてくれる。

見回すと、初めて来るのにどこか懐《なつ》かしい、洒落《しゃれ》ているのに人懐《ひとなつ》っこい空間がそこに広がっていた。

戸棚に並べられたボトルたち。背の高い椅子。スピーカーからは薄くジャズがかかっていて、アロマか何かだろうか。スモーキーな香りが淡く辺りに漂っていた。

そして、カウンターの中にいる、人の好さそうな店主の笑顔。

短髪、メガネ、ひげ。そんな出《い》で立《た》ちが、この店によく似合っていた。

「お好きな席へどうぞ」

「ああ、はい……」

促されるままに、俺は手近な席に腰掛けた。

「何か飲まれますか？」

「あ、えっと……」

言われて、メニューを眺める。

並んでいる各種カクテルやアルコール類。

こういうとき、こういう場所では何を頼むのが正解なんだろう。

わからなくて、短く頭を悩ませたけれど、

「……実は俺、こういう店は初めてで」

一人で考え込んでもしょうがない。

素直に店主に尋ねてみることにした。

「一杯目、何かお薦めはありますか？」

「おー、これがバーデビューですか」

俺の台詞《せりふ》に、店主はうれしそうに破顔する。

店の雰囲気を壊さない、あくまで落ちついた調子で。

「ありがたいですね、うちを選んでいただいて。であれば」

と、彼は短く考えてから、

「定番のギムレットはいかがでしょう？　ルールや決まりがあるわけじゃないんで、ビールやハイボールを注文いただいてもいいんですが……せっかくでしたら、バーらしいカクテルがお薦めかなと。ジンを使っているんですが、飲みやすいんですよ」

ギムレットなら、前に飲んだことがあるような気がする。

確かに、美味《おい》しいと思ったような記憶もある。

「ああ、じゃあそれで……」

「承知しました」

うなずくと、店主は手際《てぎわ》よく準備を始める。

手元に用意されるシェイカー。

手品みたいな手つきで、ジガーカップで飲み物が計量される。

必要量がシェイカーに注がれたら、ライムが搾られ、氷とともに勢いよくシェイクされて
――目の前に置かれたグラスに、白い液体になって注がれた。

「お待たせしました、ギムレットです」

ほう……と、思わず息が漏れた。

カクテルがこうやって作られるのは知っていた。

映画やドラマで、シェイカーを振る場面を見たこともあった。

それでも、こうやって目の前でそれを見ると、作られた一杯がなんだか特別なものに感じられた。

そして、そのギムレットを口に運び、

「……！」

思わず、目を見開いてしまった。

美味《おい》しい。

このギムレット、なんだかすごく美味《おい》しい。

フレッシュなライムの味と、その向こうに潜むジンの危険な香り。

度数が高いのははっきりとわかる。

なのにするすると飲みやすくて、お酒特有の奥深さも感じられて、

「……ふぅ」

二口目を飲み、俺は息を漏らしてしまった。

そんな俺に気付いたのか、店主はどこかうれしげな様子でグラスを拭いていた。

これは……面白いな。

考えながら、口元がほころんだのを自覚する。

落ちついた店の雰囲気、出されたカクテルの味。

端的に、ここで働いてみたいと思う。

ここなら自分にも居場所がありそうだし、仕事にも熱中できそうだ。

カクテルがこの様子なら、出される料理にもこだわりがあるだろう。

素材が珍しいものだったり、味付けに手が込んでいたり、作っていて面白いもののはず。

そんなことを考えていて、ふと気付いた。

店の片隅、客席から見えにくいところに掲げられた、小さな張り紙。


――アルバイト募集中。

委細は店員まで。


反射的に、椅子から立ち上がった。

これだ、もうここしかない。心臓がドキドキしていた。

このまま、店主にバイトの条件を確認しよう。

それが極端に悪くなければ、働かせて欲しいと伝える。

これはもう、このチャンスを逃すわけにはいかない。

そう決心して、口を開いたその瞬間に、

「――席、空いてる？」

店の扉が開く音。楽しげに尋ねる男性の声。

「友達連れてきたんだけど。えっと、全部で五人」

「ええ、大丈夫ですよ」

「よかったー。大丈夫だって」

その言葉を合図に、スーツ姿の男性五人が店に入ってくる。

俺から離れたカウンターの席に、横一列に並んで座る。

おずおずと座り直す俺の向かいで、彼らは慣れた様子でメニューを手に取り、

「一旦みんな、ビールにする？」

「自分、ハイボールでいいですか？」

「俺はビールで」「俺もー」

「じゃあマスター、そんな感じで」

「承知しました」

勝手知ったる仲、といった雰囲気で、スムーズにそう注文を決めた。

さらに、会話はそれで終わらなくて、

「まだちょっと小腹が空いてて、何か食べ物ある？」

「えっと、いつものマフィンでどうです？　チーズでも挟んで焼きましょうか？　普通にバタ

ーが良《い》いかな？」

「じゃあ、チーズでお願い」

「今日も、会社の飲み会の帰りですか？」

「そうそう、例の部長の相手させられて」

「あー、ゴルフにしつこく誘ってくるっていう」

まるで、プライベートの友人みたいな。

俺と諒《りょう》、優太《ゆうた》の会話みたいな口調で、そんな風に話を始めた。

もちろん、場の雰囲気を壊すような大声ではない。

けれど、落ちついたトーンで、軽妙に交わされている二人のやりとり……。

そこの光景に——俺は、ああ、と。思い違いをしていたと、はっきり認識していた。

バーっていうのは、接客の店なんだ。

美味《おい》しいお酒を出す。

気の利《き》いたおつまみも出す。

けれど、目的はお客さんに心地のいい空間を提供すること。

楽しい時間を過ごしてもらうことだ。

だから、必要があれば会話だってする。

相手のことを覚えて、関係性を作ることもある。

そういうものを、提供する店なんだ、ここは——。

そんな風に思いながら、もう一度目をやったメニュー。

そこに載っているおつまみの種類は決して多いとは言えなくて、手の込んだ料理は一つもなくて、飲食店じゃないんだと。俺が働けるような店ではないんだと、ようやく理解したのだった。

＊

「そういやー秋《あき》、あれからどうよ？」

「ん？　あれからって？」

「バイト先探しの食べ歩き」

諒《りょう》がそんなことを言い出したのは、『とこしえ』訪問から数日後。

いつものように、全員が集まった朝食の時間のことだった。

「あーね、俺も気になってた」

寝間着姿のままの優太《ゆうた》も、顔を上げ俺に尋ねる。

「どう、いけそうなバイト先あった？」

言いながら、ふれるの餌入れにざらざらっとペットフードを流し込んでいる優太《ゆうた》。

その足下で、ふれるが待ちきれない様子でグルグル走り回っている。

俺は今、この三人と一匹で共同生活をしている。

体育会系、兄貴分タイプの諒《りょう》と、センスが良くてファッション業界への就職を目指している優太《ゆうた》。それから、傍目《はため》にはハリネズミか何かのように見える不思議な存在、ふれる。

ドラマか映画にでもなりそうなこのメンバーで、一つ屋根の下暮らしている。

ふれるは、一緒に過ごす分には小さな哺乳類と暮らしているのとそう変わらない。

実際、飼い方もハリネズミや犬、ネコなんかの飼い方を参考に、俺たちで少しずつ探っていった。

けれど、注意点が一つだけ。身体《からだ》を覆っている、針のような糸だ。

今もそれが一瞬優太《ゆうた》にふれ、彼は「いって！」と声を上げている。

なぜだろう、ふれるに触ると、その場所に鋭い痛みが走る。

棘《とげ》の刺さった痛みじゃない。

もっと純粋な、ふれること自体にある痛みのような感覚。

これぱっかりは、他の動物にはない特徴で。抱っこしなきゃいけないときなんかには、防刃グローブの着用が必須なのだった。

そして、そんなふれるの傍《かたわ》らで。

俺は……質問にどう答えようか悩んでいた。

『とこしえ』を訪れたあの日以降も、飲食店を回ってはいた。

前よりも範囲を広げて、チェーン店なんかもチェックするようになった。

けれど、結局ピンとくる店は見つからないまま。

今も俺は、日雇い募集とグルメガイドを漁《あさ》り続ける毎日を送っている。

「それが……上手《うま》くいかなくてさ」

「んー、マジかー」

「まあ、そんな雰囲気だよなー」

素直に打ち明けると、二人ともなんとなく察していたような返答をする。

「やっぱりどの店も混んでるし、難しそうで……応募自体できてない」

「気になる店とかもねえのかよ？」

「……それは、なくはないけど」

「どんな店？」

「いやでも、あそこで働くのは無理だから……」

なぜだろう。俺はあれ以来、妙に『とこしえ』のことが引っかかっていた。

不思議な縁を感じていて、あの店とは今後も何かある気がして。

だからこそ……それを二人に、あまり言いたくないのだった。

けれど、何か考えているのは諒《りょう》と優太《ゆうた》にも丸わかりだったらしい。

彼らはニッと顔を見合わせたあと、

「おら」

「えい」

優太《ゆうた》は、ふれるの餌袋を持ったままの手を。諒《りょう》は、足の先を俺にふれさせた。

結果──、

『──こないだ行った店が気になってる』

『「とこしえの椅子」っていうバー』

そんな風に──あっさり俺の隠し事はバレてしまったのだった。

「おい、何するんだよ!」

不満を訴えるけれど、二人はニヤニヤしたまま俺にふれ続けて、

『へー、バーか!』

『いいじゃんいいじゃん! お洒落《しゃれ》だし』

『な、しかもモテそうだ!』

『いやいや! でも、問題があるんだよ!』

そこまで言うと、二人の手と足が離れる。

だから、俺は口に出して彼らに言う。

「俺……口下手だろ。バー、接客業だから、きっと上手《うま》くいかない……」

こんな俺が、あのマスターみたいな接客をできるとは思えなかった。

相手のことを確かに記憶して、適切な距離感で雑談をする。

必要があれば話しかけるし、そうでないならそっとしておく。

普通の会話でさえ苦手な俺が、そんな高等なことできるわけが……。

「いやいや、でも何かのきっかけにはなるだろー」

「そだよ。とりあえず応募してみなって」

それが何の問題だ、と言いたげな口調で、当たり前みたいに二人は言う。

「もう半分遊び感覚でよ」

「気になってるなら、ダメ元でねー」

そう、こいつらはこうなんだ。

俺を高く買ってくれているのか、あるいは適当に言ってるだけなのか。

尻込みする俺の背中を、ごく軽い感じで押してくれてしまう。

そして俺も、二人に言われるとそれもありな気がしてしまって。

気軽にいってみてもいいかも、なんて思ってしまって、

「……ま、まあ、じゃあ、試しに一回」

気乗りもしていないのに、そんな風に答えてしまったのだった。

「応募だけ、してみようかな……」

「おーいけいけ！」

「今すぐ電話しよう！」

「いや、さすがにまだ店開いてないから……」

こうなるから。こうやって、あっさり口車に乗せられてしまうから、この二人には話したくなかったんだ……。

一つため息をつき、諒《りょう》、優太《ゆうた》と「いただきます」をして、俺は朝食を食べ始めたのだった。

＊

バイト応募の電話をすると、あっさり面接の日取りが設定された。

ほとんど準備もできない、直近の日時で。

どうやら『とこしえの椅子』は、至急従業員を増やしたいところだったらしい。

そして、面接当日。開店前の時間にお店を訪れると、

「こんにちは、面接希望の子かな？」

先日もカウンターの中に立っていた店員が。

他の客との会話からするに、マスターである男性が俺を店に招き入れてくれる。

「はい、よろしくお願いします……」

「うん、こちらこそよろしく。この間、お客さんとして来てくれたよね」

「ああ、覚えてるん、ですね……」

「もちろん、バーデビューって言ってたでしょ？　それがうれしくて」

そんな風に話しながらカウンターの前、並んでいる椅子に向かい合って腰掛ける。

俺が差し出した履歴書をふんふんと読み始めるマスター。

楽しげに記載へ目を通しながら、「小野田秋《おのだあき》くん」「へぇ、間振島から！」「なるほど、近くに住んでるんだね」なんてつぶやいている。

そして、最後まで読み終えたところで顔をこちらへ向けた。

「ありがとう、大体わかりました」

「いえ……」

「じゃあ、色々聞いていきたいんだけど」

そう切り出されて、心臓が胸の中でぎくりと跳ねる。

店に着く前から、緊張はしてしまっていた。

どんな話をするんだろう。上手《うま》く答えられるだろうか。

そもそもそれ以前に……『とこしえ』は、本当に俺に合うんだろうか。

そのうえこうしてマスターを目の前にして、鼓動の速度は最高潮に達していた。

「どうして、うちで働こうと思ってくれたの？　何か、応募しようって決め手はあった？」

「……決め手」

どうってことのない問いだった。

むしろ、こういう面接で確実に聞かれるであろう『志望理由』。

こういうジャブに、コミュニケーション強者はどう答えるんだろう。

諒《りょう》辺りだったら「飲食に興味があって」「前に来たとき美味《おい》しくて」「しかも、募集があったんでここだ！　と思いました」なんて答えるのかもしれない。

ただ、そんな回答スムーズに思い付くことができなくて、

「あの、友達が……勧めてくれたので……」

固い声で、短く答えることしかできなかった。

「そっかー、なるほど。じゃあ、前からバーに興味あったとか、いつか自分で店を出してみたいとか、そういう感じ？」

「や、そうでは、ないですね……」

「んー。なら、自分のこんな特徴が店で発揮できそう、っていうアピールはないかな？　例え

ば、一度会ったお客さんの顔は忘れません！　とか」

「いえ……顔を覚える、自信はそんなに……」

「飲み歩いてきたから、お酒の種類は沢山知ってます！　とか」

「飲むのは、ビールとか、ワインくらいで……」

「……そ、っかあ」

そこに来て、マスターは人の好さそうな眉を寄せる。

ちょっと困ったぞ、という表情。明らかに、会話が弾んでいない。

「ちなみに、他のバーに行ったことは？」

「ない、ですね……」

「東京では、どんな仕事を？」

「日雇いです、警備員とか……」

「接客経験はどうかな？」

「ない、です……」

「……そう……」

まずい。この流れはまずいぞ。自分の強みを、一ミリも伝えられていない。

さすがに、このままじゃ間違いなく落ちるだろう。

ここはなんとか、俺の方からアピールポイントを主張しないと。

短い時間で、俺はフルパワーで頭を回し、

「……その、料理は！　食事を作るのは、好きです！」

そんな風に主張した。

「俺、友達と三人で住んでるんですけど、料理は俺の担当で……諒《りょう》と優太《ゆうた》も、友達も……俺の料理、褒めてくれて……」

必死のアピールだった。

この面接にあたって、俺が唯一誇れる俺の特技。

なのに、

「……あ〜」

苦い顔で、マスターは笑う。

彼は指でぽりぽりと頭をかきながら、

「うちは、そこまでお食事は推してないんだよねえ。おつまみも、簡単に作って出せるのがいくつかあるくらいで……」

……そうか、そうだった。

メニューを見て、俺も思ったんだった。

ここは食事をするところじゃなくて、楽しい時間を過ごせるところ。

飲食業ではあるのかもしれないけれど、料理の技術は役に立たないんだと。

「そう、ですか……」

……厳しい。これは厳しい。

こんな展開で、受かる可能性はかなり低いだろう。多分、落ちるの確定だ。

面接中なのに、あからさまに落ち込んでしまう。

上手《うま》く言葉が出てこなくて、沈黙が場に満ちてしまう。

「あ、あはは、まあ、料理が好きだって言うなら」

あからさまに気を使った様子で、マスターが椅子を立つ。

彼はカウンターの中に入ると、そこにある冷蔵庫を開けてみせ、

「自分たちが食べる、まかないとかは作るからね！　どうだろう、小野田《おのだ》くんだったらここにある食材で、どんなのを作ってくれるかな」

必死のアドリブ、という感じだった。

俺を気落ちさせないため、慰めみたいに繰り出されたまかないという課題。

その気持ちが申し訳なくて、せめてもと俺は椅子を立つ。

そして、冷蔵庫や食材の棚を確認し、

「卵、トマトにピクルスにオリーブ、ナッツ類。オイルサーディンにコンビーフ……」

わかった。大体、何があるのかは把握できた。

メニューこそ少ないけれど、そこそこ食材は用意されているみたいだ。

「……そう言えば」

と、先日来店したときのことを思い出す。

マスターが客との会話の中で「あれ」があるって言って、提供していた。

今日も多分用意されているだろう。だとしたら、それを軸にして……。

「……」

腕を組み考える。

まかない、ということは、仕事の合間にささっと食べられるものが良《い》いだろう。

ただ、ボリュームが足りないのはNG。

しっかり食べて、エネルギーを補給できるのがいいはず。

とはいえ、味が単調になったりわんぱくになりすぎてもつまらない。

その辺全てを加味して、

「……卵とコンビーフを焼いて、サンドするのはどうでしょう？」

まとまったアイデアを、そう口にする。

そして、俺はカウンター上の戸棚を指差し、

「そこにある、マフィンで」

そう付け足した。「ほう」と、マスターが興味を持った顔になる。

「よく、そこにマフィンがあるのがわかったね」

「前回来たとき、お客さんに『いつもの』って言って出していたので……」

「おお、良《い》い記憶力だ。一部のお客さんに人気なんだよね。それで、卵とコンビーフをサンド
……美味《おい》しそうだなあ」

「あ、ありがとうございます！」

楽しげにそう言われて、反射的に頭を下げた。

ただ、俺の提案はそれで終わりじゃなくて、

「あの、あと……飽きが来ないようにオリーブを添えたいです。それから、具がコンビーフだけじゃ単調だったら、二個目はオイルサーディンに変えて、とかで、味に変化をつけて……。そうすれば、簡単に作れてまかないにも良くて、しかも、美味《おい》しいんじゃないかなと……」

「ほうほうほうほう」

うれしそうに、マスターはうんうんとうなずいている。

「オリーブとオイルサーディン。なるほどねえ」

……どう、なんだろう。それは好評の『なるほど』なんだろうか。

あるいは何か良くない……『原価かけすぎだろ』とかの『なるほど』なんだろうか。

不安に思っていると、マスターはごく気軽な様子でこちらを見て、

「ちなみにそれ、試しに作ってもらうことはできるかな？」

「……え。作る⁉　今言った、まかないをですか⁉」

「うん、できればお願いしたいんだけど、どうだろう」

助け船を出すような口調で、マスターはそう続ける。

まさか、実際に料理を求められるなんて思ってなかった。

しかも、俺の思い付きメニューを。てっきり、会話だけして終了なのかと。

けれど……そこまで言ってもらって、引き下がるわけにはいかない。

「……やらせてもらいます！」

覚悟を決めうなずくと、調理ゾーンの前に立たせてもらう。

フライパンを火にかけ、コンビーフと卵をさっと炒《いた》める。

もう一方のコンロで、オイルサーディンも火にかけた。

その間にマフィンをトースターに入れて、焼けたらバターを塗って。

卵とコンビーフを挟み、オイルサーディンの方はパセリをかけてオープンサンドに。

最後に、オリーブも添えて皿に盛り付けて、

「で、できました……！」

そう言って、マスターの前に差し出した。

「食べてみて、ください……」

「ほう、手際が良いね」

改めて、驚いた様子でそう言ってくれるマスター。

そして彼は、うれしそうに手を擦り合わせると、

「じゃあさっそく、いただきます！」

そう言って、俺の作ったマフィンサンドにかじりついた。

まずはコンビーフの方。間にオリーブを摘んでから、オイルサーディンの順に。

「……ふんふん、なるほど」

腕を組み、うんうんとうなずいているマスター。

どう……だっただろう。

俺がアドリブで考え出した、まかない料理。

気に入ってもらえただろうか、それともそうでもないだろうか……。

考えてみれば、家族や諒《りょう》、優太《ゆうた》以外に料理を振る舞うのは初めてだ。

周りのやつらは良く言ってくれたけれど、その他の人がどう思うかはわからない。

採用とかバイトとか抜きに。

俺は今、目の前のマスターが俺の料理で喜んでくれることを純粋に願っていた。

そして、ゆっくり堪能《たんのう》するような間があって。

「……いや、美味《うま》いね」

ごくりとサンドを呑《の》み込んだマスターが、感慨深げな声でそう言う。

「これ、僕には作れないよ。大したもんだ」

「ほ、本当ですか……？」

「うん。小野田《おのだ》くん、才能あるんじゃない？」

——才能。俺に、料理の才能。

マスターが、そんな風に感じてくれた。

自分に、何かそういう特別なものがあるとは思っていなかった。

不器用で、ふれるがいなければ友達も作れなかった俺。

そんな俺に、才能なんて呼べるものがあるなんて……。

「……で」

そして、不思議な感覚に打たれていた俺に。

マスターがにこりと笑いながらこう尋ねてきたのだった。

「——出勤、いつから来れる？」

こうして——俺の勤め先が決まった。
ＢＡＲ　とこしえの椅子。その店員として、働くことになった。

＊

帰り道。家への道を歩きながら、ふと思う。

「……始まった」

はっきりと、そんな体感がある。

これまでどこか、島の感覚を引きずっていた。

長い旅行をしているような、この街のお客様でしかない感覚があった。

けれど、ようやく。島を出て、一ヶ月くらいかけて、やっと。

「俺の東京生活が、今始まったんだ……」

前を向き、軽い足取りで家に向かう。

帰りに、明日の朝ご飯の材料を買っておこうと考える。

メニューは、何が良《い》いだろう。

せっかくだから、今日作ったコンビーフとオイルサーディンのマフィンサンドにしようか。

それを二人に振る舞うってのも、いいかもしれない。

見上げた空には、星がまばらに光っていて。

間振島ほどではないけれど、それが十分きれいに見えて。

なんとかこの街でも生きていけそうだ。そんなことを、俺は実感していた――。

第二話

【馬場は賑わし歩けよ奈南《おとめ》】

FURERU

「……あの、ちょっと汚れたけど……」

そう言いながら――その男性は。

背の高い男の子は、わたしのカバンをこちらに差し出してくれた。

何ヶ月もお給料を貯《た》めて買ったそれ。

来月の家賃も入っている、ついさっきひったくりに盗《と》られてしまったカバン。

それが今、わたしにおずおずと差し出されている――。

「あ！　いえ……」

反射的にそう答えながら、男性に目をやった。

見上げるように高い身長。

若手俳優かな？　って程に整った目鼻立ちと、不器用そうな表情。

纏《まと》っているのは飲食店の制服だ。その腕には、まん丸に膨らんだエコバッグをかけている。

……イケメンだった。

わたしの大事なカバンを取り返してくれたのは、素朴な印象の高身長美男子だった――。

＊

それがひったくられたのは、ほんの数分前。

友達の樹里《じゅり》ちゃんと、ご飯でも食べようと高田馬場《たかだのばば》を歩いていたときのことだ。

「きゃっ!!」

「え、ど、どうしたの、奈南《なな》!?」

突然現れた若い男に、すごい力で腕を引っ張られた。

本当に一瞬のことで、何が起きたかわからなくて——気付けば、盗《と》られていた。

大事なカバンがわたしの元を離れ、柄の悪そうな男に抱えられていた。

猛ダッシュで逃げていく男。

その背中が、すごい勢いで人波の向こうに遠ざかっていく。

間を置いて、理解した。

泥棒だ。カバン——ひったくられた。

「……嘘《うそ》でしょ?」

数秒、事実を受け止めきれずに立ち尽くす。

マジで? 本当にひったくり? 何かの間違いとかじゃなくて?

ていうかそれ、わたしのお気に入りだったんだけど。

大事なものも、沢山入ってて……しかも、すごく高いやつだったんだけど……。

考えるうち、わたしの胸に熱が宿り始める。

その気持ちはグングン膨張して、あっという間に沸騰して、

　――許せない！

「待って！」

　気付けば、駆け出していた。

　ひったくり犯の背中を追って、わたしは本気ダッシュをしていた。

「え、奈南《なな》!?　……もう！」

　樹里《じゅり》ちゃんも、少し遅れてついてきてくれる。

　ごめん！　付き合わせて悪いけど……わたし、絶対カバン取り返したい！

「ちょ、待ってよ！」

「泥棒！　その人泥棒です！」

　叫ぶわたしに続いて、樹里《じゅり》ちゃんも声を上げてくれる。

　この辺りには土地勘があった。運動神経にも自信があった。

　全力で追いかければ、捕まえられるはず！

　しばらく追走を続け、徐々に背中が近づいてくる。

　そして――神田川沿い、小さな橋のたもとで。とうとう男に追いついた。

「返してよ！　カバンだけでも!!」

「おわっ⁉」

食らい付くようにして、その取っ手にすがりついた。

「それお給料貯《た》めて買ったんだから！」

「くっそ、しつけえ……！」

男と二人、カバンを奪い合う形になる。

力は向こうが上。でも、ずいぶん疲れが見える。勝ち目はある！

じりじりとカバンをこちらに引き寄せた。よし、このままいけば……！

けれど――次の瞬間。男が思いっきり腕に力を入れた。

予期せぬ反撃に、わたしの身体《からだ》がバランスを崩して大きく傾《かし》ぐ。

「ちょっと奈南《なな》！　大丈――」

少し遅れて、駆け寄ってくる樹里《じゅり》ちゃん。

同時に、男が右足をこちら蹴り出し、

「――！」

お腹《なか》に――衝撃が走った。

吹き飛ばされる、わたしの身体《からだ》。

――蹴られた。男に、本気で蹴飛ばされた。

一拍遅れて、鈍く強い痛み――。

「やっ⁉　やだ、奈南《なな》！」

樹里《じゅり》ちゃんが、わたしの身体《からだ》を抱き留めてくれる。

その隙に、男はカバンを持ったまま再び走り去ってしまった。

「ちょっと誰か、警察！　ひったくりです！　ねえ、誰か！」

張り詰めた樹里《じゅり》ちゃんの声に、ようやく周囲がざわめき始めた。

道行く人が、不安そうにこちらを見ている。

けれど……お腹《なか》の痛みと蹴られたショックで。

突然向けられた理不尽な暴力で、わたしは一歩も動けなくなっていた。

「……うぅ……」

口から自然とうめき声が漏れる。重い痛みに、小さく歯を食いしばる。

ここしばらく、色々あって落ち込むことが多かった。

男の人を怖く思うこともあったし、今も生活にいくつか困りごとを抱えていた。

そんなタイミングでのこの出来事。こんな酷《ひど》いことが、重なるんだ……。

怒りはいつの間にかクールダウンして、悲しみにすり替わっていた。

重なった理不尽な出来事に、心も完全に折れてしまう。

どうしてわたし、こんな目に。何か、悪いことしたかなあ……？

「……ううぅっ……」

ヤバい、泣いちゃいそうかも……。
こんなに人通りもあるところなのに。さすがにこれは、我慢できないかも……。
ひっ、ひっ、と何度かしゃくり上げる。身体《からだ》にギュッと力を入れる。
そして、大きく息を吸い、ついに泣き声を上げそうになった——そのときだった。
視界の隅で、誰かが駆け出すのが見えた。
制服を着た後ろ姿。知らない男の人。
彼はすごい速さで、ひったくり犯の逃げた川沿いを走っていく。
「……え？」
顔を上げ、その背中を目で追った。
もしかして……追ってくれてる？
彼、わたしのかわりに、カバン取り返そうとしてくれてる……？
制服の男性は、間違いなくひったくり犯を捉えている。
後ろにぴったりと食いつき、追いすがっている。
……やっぱりそうだ。
助けに入ってくれたんだ。あの人、カバンを取り返してくれる気なんだ！
その姿に、胸にもう一度温かみが戻ってきた。
誰かが、わたしのために頑張ってくれている。

なら……こうしてはいられない。わたしも行かなきゃ！

慌てて立ち上がると、わたしも彼の向かった方へ駆け出した。

さっきまで続いていたお腹《なか》の痛みは、気付けばほとんど気にならなくなっていた。

＊

そして——たどり着いた、橋の上での大捕物のあと。

彼は見事カバンを取り返し、わたしに差し出してくれていた。

もう一度、短くそのイケメンの顔を見る。少しも自分の善行を誇る気がなさそうな、むしろ恥ずかしげにも見える表情。

年齢は、わたしと同じくらい？　二十歳前後、という風に見える。

そして……なんだろう。なんだか、彼を見ていると不思議な予感がある。

わたし、この人。なんか、多分……。

……って、いけない。まずはお礼を言わなきゃ！

助けてもらっておきながら、ありがとうの一つも言えてない！

「本当に、ありがと——」

けれど——そう口にした瞬間。

ブツブツブツ！

彼の持つエコバッグ。

その表面から、針が飛び出した。

「……は⁉」

布地を破って突き出している、何本もの針。

裁縫とかで使う金属製のものじゃない。なんとなく生き物っぽい、柔らかい色の棘《とげ》。

……そう言えば。ひったくりと彼が取っ組み合う最中、不思議な生き物が乱入してきた気がする。ハリネズミ？　みたいな動物が突っ込んできて、ひったくり犯に体当たりしていた気が……。

その生き物の、棘《とげ》っぽくない？

エコバッグの中、さっきのハリネズミが入ってるんじゃ……？

「秋《あき》ー、行くぞー！」

ペットなのかな、とか考えるうちに、彼のお友達らしき男性から声が上がる。

そして彼も、

「あ、じゃ……」

それだけ言うとあっさり背を向け、友人の方へ行ってしまった。

「……え？　あのっ！」

もう終わり⁉　結局お礼言ってない！　お名前も、聞けてないんだけど！

けれど、呼び止めようとしたところで、通りかかった車のライトに視界を奪われる。

そして、数秒後。眩《まぶ》しさが収まり慌てて見回すと、彼の姿はとっくに通りの向こうに消えてしまっていたのでした。

＊

「……うん、決めた」

「んー？」

わたしがそうつぶやいたのは、その日の晩。

あのままご飯に行ったあと、泊まりに来た樹里《じゅり》ちゃんの家でだった。

順番でお風呂《ふろ》に入り終え、樹里《じゅり》ちゃんは現在スキンケア中。

ローテーブルの前であぐらをかいて、鏡を見ながら乳液か何かを塗っている。

そんな彼女に、

「探す！」

宣言するように、わたしは言う。

「何を？」

「人！」

「誰？」

「今日、カバン取り返してくれた店員さん！」

「おー」

そこでようやく、樹里《じゅり》ちゃんがこちらを向いた。

クールビューティーで気が強そうで、実際は面倒見の良《い》い樹里《じゅり》ちゃんの優しい目。

だからわたしは、声に一層力を込め、

「で、ちゃんとお礼する！」

はっきりそう断言した。

——今までの人生を振り返ると。

物心ついた頃から大人になった現在までを見渡して考えると、わたしはいわゆるバランスタイプだったと思う。

人に強く言うことはできないし、断ることは苦手。

空気は読めるけど流されがちだし、嫌われるのは怖い。

はっきり言って、八方美人だ。

上手《うま》くやれたことも多かったけど、失敗も多かった。

好きだった男の子に告白できなかったこと、高校の進路を親の希望のままに進めてしまったこと。二年前には優柔不断さが災いして、通っていた学校をやめることにまでなってしまった。

まあ、それに関しては「とある不幸」があったことも大きいんだけど……。

とにかく。

そんなわたしでも、ときどき自分の意志を発揮して行動することがある。

例えば、今も部屋のわきに置いてあるカバン。

ひったくりに遭ってしまったこのカバンを買ったときには、かなりの勇気が必要だった。

高かったからなー。けれど、そのかわいさに一目惚《ひとめぼ》れしてしまったんだ。

しっかりした革質のショルダータイプ。リボンがついていて、クールになりすぎないデザインで。今風の小さいサイズではなく、たっぷり荷物が入りそうなサイズ感も好印象だった。

散々悩んだ末に、わたしは購入のための貯金を決意。

その半年後、誕生日のタイミングではれてゲットしたのだった。

そして今回。そんなカバンを取り返してくれた彼。

恩人であるあの男の子に、ちゃんとお礼を言えなかったことにもやもやしている。

気持ちの上でも経済的にも、本当に助けられたんだ。

せめてちゃんと、感謝の気持ちは伝えたい。

それに……なんだろう。やっぱり、予感がある。

彼と、あれだけでは終わらない気がする。

わたしたちの間には、もうちょっとこう、色んなイベントがありそうな……。

「ふうん、いいんじゃん？」

ニヤリと笑って、樹里《じゅり》ちゃんは言う。

そして、鏡に向き直りスキンケアを再開しながら、

「なら、わたしも付き合うよ」

「やった！　ありがと」

「でも、どうやって探すの？　特に手がかりはないんでしょ？」

「まあ、そうだねー……」

それは、確かに樹里《じゅり》ちゃんの言う通り。

勤務先だとかフルネームだとか、そういう彼を探す手がかりはほとんどない。

わかっていることも、限られてしまっている。

「だからそこはもう……贅沢《ぜいたく》言ってられないよね」

そう言って、わたしはギュッと手を握り。

声に力を込め、樹里《じゅり》ちゃんに言ったのでした。

「しらみつぶしで、いかせてもらいます！」

＊

「──よーし、じゃあ始めようか！」

そして、翌日。

仕事が終わったあと、高田馬場《たかだのばば》の駅前にて。

わたしは腰に手を当てると、目の前に広がる街に向き合い樹里《じゅり》ちゃんに言った。

「今夜中に──高田馬場《たかだのばば》のバー、全部回ろう！」

「おっけー」

鼻息の荒いわたしとは対照的に、隣の樹里《じゅり》ちゃんはいつも通りの軽やかさだ。

「お店を巡る順番とかは考えてあるの？」

「まあ大体ねー。途中で情報もらえるかもしれないし、その辺は柔軟にいこうかなって」

「なるほどー。りょーかい」

高田馬場《たかだのばば》、しらみつぶしでのバー訪問。

それが、今回わたしが「彼」を見つけるために考えた作戦だ。

ほとんど情報がないとは言え、彼に関してわかってることはいくつかある。

まず、飲食店の店員なこと。

あの制服の感じからして、チェーン店だったり居酒屋だったりではない。

個人経営のお店。ベストが大人っぽかったことから考えて、バーだろう。

あとは、高田馬場《たかだのばば》近辺で働いていること。

ひったくりを追ってくれたとき、彼は仕事の最中だったっぽい。ってことは、お店もそこからそう遠く離れていないはずだ。買い出しの最中だったとしても、駅から半径数百メートル以内には収まるはず。

ネット上のマップで調べてみると、馬場駅の近辺にあるバーは十数店ほど。

中にはスポーツバーや居酒屋風のバーもあったりするけれど、多分彼のお店は本格的で静かな雰囲気のオーセンティックバー。

そうなると、候補は六店舗ほどになって、これなら十分今夜中に回れるはずだ。

「ひとまず、駅の近くのお店から回ってみるね」

「りょ。ついでによさげな店見つけられるといいね。今後通えるようなさ」

「あはは、確かに」

歩き出しながら、わたしはなんだかわくわくし始めたのを感じる。

宝探しをするような、ひと晩の旅が始まった。

その先で、わたしは彼を見つけられるだろうか。ちゃんとお礼を言って、あの日の続きを始められるだろうか。

ちなみに、気が早いけれど手土産のロールケーキも買ってある。

惜しくも彼が見つからなかったときは、樹里《じゅり》ちゃんと残念会をしながら食べようと約束をしている。

＊

「──でも、お姉さんが言うほど『イケメン！』って感じではないかもなあ……」

「──ああ、近くの店でそういう子が働いてたよ！」

「──バイトで若い男の子はいますが、背は平均程度でしょうか」

「──背の高い若い店員ですか？　うちは、わたし一人ですね……」

数店舗を巡って、店員さんやそこにいたお客さんたちにお話を聞かせてもらった。

今のところ、彼自身や彼につながりそうな手がかりは見つかっていない。

ただ、こうしていくつものお店を回っているだけで、とっても楽しかった。

ジェントルに、丁寧にわたしたちの話を聞いてくれる店員さん。

カバンをひったくられた件について、憤慨してくれるような人までいた。

陽気なお客さんから声をかけてもらえるのも面白い。

「イケメンで高身長の男の人？」

とあるバーのカウンターで。

わたしの話を聞いたかわいらしいおじいちゃんは、そう言ってにっこり笑った。

「それはもう、僕で間違いないでしょう」

「えー、あはは。もうちょっと若い人でしたね」

思わず笑い出しながら、わたしもそう答える。言い方によっては軽薄な感じに聞こえそうな台詞《せりふ》だったのに、おじいちゃんの言い方はあくまで上品だ。

「なんだー。もしも好みが変わってこういう年上もありになったら、声かけてね。よくこの店にいるから」

「ええ、そのときはご一緒させてください」

「ありがとう、一杯奢《おご》らせてもらうよ」

「わー、うれしいです！」

確かに、成果は出ていない。当初の目的達成の気配はない。

それでも悪くない気分で、わたしたちは夜の高田馬場《たかだのばば》を渡っていく。

「次に行くのは……ずいぶん古くからあるお店だね！」

「ほー」

「内装の写真見ても、彼の着てた制服に似合いそうだし。可能性あるかも……」

「……にしても」

と、樹里《じゆり》ちゃんはほほえましげにわたしを見ながら、

「なんか奈南《なな》ってときどき、すごい行動力発揮するよね」

「え、そうかな？」

「うん、するする。今日もそうだし、上京を決めたときもそうだったし」

「……あー、そっか。そうなのかな」

「てか、そんなに例の彼が気になってんの？」

「え！　そ、そうじゃないよ！」

慌てて、首をブンブン振って否定した。

「わたしはただ、お礼できてないのがもやもやするだけで……」

「あはは、まあそういうことにしといてあげる」

樹里《じゆり》ちゃんは、そう言うと爽やかに笑ってみせ、

「元気な奈南《なな》を見てると、わたしも安心するからねー」

……確かに上京以来、樹里《じゆり》ちゃんには上手《うま》くいかないところばかり見せてしまっている。

学校をやめたときもそうだし、そこから続くトラブルもそう。

そのうえ先日は、ひったくりに遭うところまで目撃させてしまったわけだし。

ごめんねー樹里《じゆり》ちゃん、心配かけて。

でも、そんな風に言ってくれるの、とてもうれしいです。

「ていうか、最近あいつはどう？」

あくまで軽い調子で、けれどそれまでよりは慎重に樹里《じゅり》ちゃんは続ける。

「姿見せたりはしてこない？　大丈夫？」

「うん、ひとまずね。お出かけも、樹里《じゅり》ちゃんがいれば大丈夫だと思う」

「そっかー。ならよかった」

あくまで何気ない顔で、樹里《じゅり》ちゃんはそう言って、

「早く新居、見つけられるといいんだけどねー」

樹里《じゅり》ちゃんの言う通り、わたしは現在転居先を探している。

とあるトラブルに巻き込まれて、一人で家にいるのが難しくなって。最近は、樹里《じゅり》ちゃんの家に泊めてもらいがちな毎日を送っている。

だからこそ、こんな風に楽しく街歩きできる時間は貴重だ。

できるだけ満喫したいし、結果として彼が見つかれば、もう最高なんだけど……。

「お、あそこに見えてきたよ！」

「あれが次の店？」

「うん、そう！　さー、彼はいるかなー」

そんなことを話しながら、わたしたちは次の目的地へ足取り軽く歩いていったのでした。

＊

そして、数時間後。本日予定していた、計六店舗を回り終え。

「……どうしよ」

「ねー」

「店全部、見て回ったのに……」

「うん」

「なんで……見つからないんだろ」

高田馬場《たかだのばば》の片隅、狭い通りを歩きながら。

わたしと樹里《じゅり》ちゃんは、二人して肩を落としていた。

――いなかった。

この街にあるオーセンティックバー全てを回ったというのに。

候補店を全部チェックしたのに、彼を見つけることができなかった。

それどころか、「うちで働いてますよ」なんてお店さえなし。収穫が、完全にゼロだった。

「うーん、どうしようかなあ……」

つぶやきながら、わたしはスマホのマップを改めて眺める。

これは完全に予想外だ。こうなったら、作戦の方針を変えなきゃいけない。居酒屋っぽいところとか……

「もしかして、オーセンティックじゃない方のバーにいたりするのかな？」

「あー、でもそこの対象広げるなら」

と、樹里《じゅり》ちゃんもわたしのスマホを覗《のぞ》き込む。

「喫茶店とかも候補に入ってこない？　ほら、この店とか。男性店員はベスト着るみたいだし」

「……ほんとだ」

確かに、樹里《じゅり》ちゃんがタップして開いた近くの喫茶店のサイト。

そこに掲載されている画像の店員さんは、ベストタイプの制服を着ていた。

彼がどんな制服を着ていたか、細かいところまでは思い出せない。それでも……まあ大体こんな雰囲気。少なくとも、そこそこ似ているものだったような気がする。

だから試しに、高田馬場《たかだのばば》界隈《かいわい》の喫茶店をマップで表示してみると、

「……うわ、こんなに」

地図上に、びっしりとマーカーが表示された。

ぱっと見数十軒。それが全部喫茶店だ。これが全部候補ということになってしまう。

一軒ずつ回っていくのは、さすがに無理だなあ……。

「えー、どうするー？」

さすがにちょっと疲れた様子で、樹里《じゅり》ちゃんが言う。

「ここから仕切り直しはキツくない？　今日のところは、一旦引き上げる？」

「そうだなあ……」

樹里《じゅり》ちゃんの言う通りだ。

今日ここから喫茶店巡りに切り替えて、ってのは体力的に難しい。

そろそろ本格的に、お腹《なか》が空いてきてもいるし。

ここは一旦帰って後日再挑戦、ていうのが一番良《い》いんだろうとは思う。

樹里《じゅり》ちゃんにこれ以上付き合わせるのも、いい加減申し訳ない。

けれど……どうしてもわたしは諦めきれなくて。

このまま帰ってしまう気になれなくて、道沿いの店を眺めながら頭を悩ませていた。

「……ん？」

と、そのとき。並びの中に、一軒の店が目に入った。

シックな外観。窓の向こうに見える落ちついた空間。

――バー、に見えた。

しかも、落ちついて静かな雰囲気の、オーセンティックバーに。

……そんなはずはない。

今日、わたしは事前にこの街のオーセンティックバーの場所を把握済み。

ここにそんな店があったはずがない。

なんなら、ショットバー、カジュアルバーもこの近くにはなかった気が……。

「どしたの？」

「あの、その店……」

わたしの様子に気付いた樹里《じゅり》ちゃんに、指を差してその店を示す。

「なんか、バーに見えるんだけど……」

「……ほんとだ」

ちらっと覗《のぞ》くと、カウンターと並んだ椅子。背後の戸棚にはずらっとお酒のボトル。

うん、間違いない。やっぱりそういうお店にしか見えない。

「えー、どういうこと？」

スマホのマップで、改めて近辺のバーを検索する。

やっぱり、ここにピンは立っていない。

かわりに、地図上のこの場所をタップすると、

「なんか、お店は登録されてる……」

「ほんとだね」

「カテゴリは、家具店だって……」

「えー……」

一瞬見間違いかと思うけれど、そうではない。

タップしたピンは、確実にこの住所だ。

店名はまだ登録されていないんだけど、間違いなく『家具店』と記載されている。

「どういうこと？　この感じで、ほんとに家具売ってるの？」

「いやー、そんな風には……」

言いながら、二人で見上げる。

そこで――看板が掲げられているのに気付いた。

壁に設置された、小さな店名のプレート。

そしてそこ書かれた、小洒落《こじゃれ》た字体の店名。

――ＢＡＲ　とこしえの椅子

思わず、樹里《じゅり》ちゃんと顔を見合わせた。

椅子？　家具……？　これ、もしかして……。

うなずき合って、扉に手をかけた。

そして、恐る恐る入店し、

「あの〜……」

と店内を見回すと、

「あ、いらっしゃ――」

「――あ――――――――!!」

大きい声が出た。

反射的に、大声を上げてしまった。

けれど――カウンターの中。そこにいる長身の男性。

不器用そうな表情と、整った顔立ち――。

――彼だった。

今日一日探し回った彼が、そこにいた。

「や、やっと見つけた!」

安堵《あんど》のあまり、大きく息を吐き出した。

よかった、やっぱりバーの店員さんだったんだ。

もう、見つけられなくなったかと思っちゃった。

見れば、店内にいる二人のお客さん。

彼らも先日助けられたときそばにいた、彼のお友達で、
「あの、わたし……先日助けてもらった……」
そんな風に切り出しながら、もう一度彼の顔を見る。
驚いているような、ぽかんとしたどこかあどけない表情。
――改めて、予感がよぎった。
きっと、この人とわたし、これから何かがある。
一つの物語を経験する。そんな気が、確かにしているんだ――。

第三話

【優太、ひとつ屋根の下】

FURERU

『──間もなく、15番線に、池袋、上野方面行きが参ります。危ないですから、黄色い点字ブロックまでお下がりください』

JR新宿駅。

ホームで列車の到着を待つ俺の前に、緑の山手線《やまのてせん》が滑り込んでくる。

流れていく無数の車窓たち、そこに映る俺の姿。

身につけているのは海外ブランドのオーバーサイズシャツと、ドメブラのサルエルパンツだ。

どちらも古着屋で買ったものだけど、こうして見てもきれいなシルエットだなと思う。

特にシャツ。列車の起こした風になびいて、美しいドレープを描いている。

デザイナーがすごいのはもちろんだけど、パタンナーも良《い》い仕事をしている。

そういうディテールには、否応《いやおう》なしにわくわくしてしまう。

けれど、

「はあ……」

やってきた電車に乗り込み、座席に座った。

自宅最寄り駅の高田馬場《たかだのばば》までは、たったの二駅だ。

それでも、立っているのがおっくうになってしまうくらい、くたくたに疲れ果てていた。

憧れだった服飾専門学校『清水服飾学院』の入試に合格して数ヶ月。

秋《あき》と諒《りょう》、間振島の親友たちと上京してきて、ひと月くらいが経《た》っていた。

秋《あき》のバイト先も決まり、それきっかけで奈南《なな》ちゃん、樹里《じゅり》ちゃんという友達までできて、こっちでの生活にもずいぶん慣れたと思う。

それでも、俺の気持ちはずーんと落ち込んでいた。

「んん……」

思い出すのは、これまで同級生に向けられてきたキツい言葉たちだ。

グループ課題でリーダー決めをすることになれば、

「──優太《ゆうた》さんでよくね？」

ちょっと攻めた色のコーデをしてみれば、

「──島独特の文化でしょ？」

作業の分担をお願いしようとすれば、

「──ウチらトレーンで手いっぱいだし」

返ってくるのはそんな無責任な、あるいはやる気のない言葉ばかりだった。

全員が全員本気だとは限らない。それはわかっている。

本気だとしても、ライバルになるかもしれない。それもわかっている。

けれど少なくとも……今の生活は、夢に見た『服飾学生の生活』とはほど遠くて。

服飾どころか、それ以外のところでストレスを溜《た》めることがあまりに多くて。

控えめに言って……俺は、失望していた。

「楽しみに、してたんだけどなあ……」

ファッションに夢中になったのは、地元にいた頃。確か、中学生の終わり頃だ。

きっかけは、親友である秋《あき》と諒《りょう》。二人に負けない特技が欲しいと思ったこと。

秋《あき》は美形で、諒《りょう》にはコミュ力があって。対する自分は、特に優れたところが見当たらなかった。それどころか、小学校の頃は『とんぺい焼き』なんてあだ名になるほどの肥満少年だった。

そんな俺が選んだのが、お洒落《しゃれ》だ。秋《あき》と諒《りょう》も、ファッションには興味がなさそうだし、そこでならきっと勝負ができる。二人に誇れる特徴になるはずだと思った。

俺は密《ひそ》かにダイエットをスタート。同時に、動画サイトや掲示板でファッションの情報を集め始めた。

そして——気付けば、夢中になっていた。

川久保玲《かわくぼれい》、マルタン・マルジェラ、デムナ・ヴァザリア、阿部千登勢《あべちとせ》。

伝説的デザイナーの作品に触れ、そこに広がる世界の虜《とりこ》になっていた。

身に纏《まと》う服に、様々なバックグラウンドが込められている。

見た目がかっこよくなるだけじゃない。

様々な思想や、願いや、アティチュードや、主張を表現することができる。

狭い価値観の中で生きてきた俺の世界が、一気に広がった気がした。

ダイエットに成功して細身になれた頃には、アパレル業界で働きたいと思うようになっていた。それもできればデザイナーやパタンナー。そういう立場で、ブランドを立ち上げるような形で。

東京にある国内最高峰の服飾学校、『清水服飾学院』に受かったときには天にも昇る気持ちだった。

きっと素晴らしい毎日が待っている。

一心不乱にファッションに打ち込む日々。上手《うま》くすれば、アントワープ6みたいに、世界に羽ばたく仲間を見つけられるかもしれない。

夢への一歩を最高の形で踏み出せた、そう確信していた。

なのに……現実はこれだ。

ファッションの世界の追求どころか、クラスメイトとの関係に悩まされている。

あまりにも低いレベルで、俺はつまずいてしまっている。

「……はあ」

列車が高田馬場《たかだのばば》に着き、ホームに降りた。

唯一の救いは、秋《あき》と諒《りょう》と一緒に暮らせていること。

不思議な生き物、ふれるも一緒に、楽しい毎日を過ごせていることだった。

これが一人だったら、もっと本気で病んでたかもしれない。

だから、大事にしなきゃな。大切な親友との毎日に、きちんと感謝しなきゃ。

自動改札へ続く階段を下りながら、そんなことを考えていた。

そして――その数十分後。

俺の、俺たちの東京生活は、意外な展開を迎え始めるのだった。

＊

「この家に住む⁉　奈南《なな》ちゃんと、樹里《じゅり》ちゃんが⁉」

いつものように自宅に戻ると、騒ぎが起こっていた。

諒《りょう》と秋《あき》が、何やら揉《も》めている。

しかも、家には件《くだん》の女性二人、奈南《なな》ちゃんと樹里《じゅり》ちゃんがいた。

先日、ひったくり事件をきっかけに知り合ったこの二人。

年齢は俺たちと同じ二十歳で、小さな頃からの友達同士だそうだ。

上京してきたのも二人一緒にらしい。なんとなく、俺たちと似たような関係だなと思う。

さらに、奈南《なな》ちゃんの方は数年前まで清水服飾学院に通っていたとのこと。もうやめちゃったらしいけど、先輩ということになる。

その二人が――なんと、しばらくこの家に居候《いそうろう》する。

諒《りょう》と樹里《じゅり》ちゃん奈南《なな》ちゃんの間で、そんな話になったらしい。

「おー、困ってるらしくてよ。放っておけなくて」

「うわー、マジかー！」

諒《りょう》から説明を受けて、俺は反射的に頭を抱えた。

超展開すぎる。こんなことになるなんて、一ミリも予想してなかったよ……。

「奈南《なな》ちゃんの方が、ストーカーに悩まされてるらしくて」

真剣な顔で、諒《りょう》は続ける。

「新居探しの間だけでいいから、男のいる家に泊まりたいんだとよ」

「なるほど、そういうこと……」

そりゃ確かに、女の子だけじゃ心配になる状況だ。

奈南《なな》ちゃんは優しくておっとりした雰囲気。顔もかわいいし庇護《ひご》欲をそそられるタイプ。惹《ひ》かれる男がいるのも当然だと思う。かく言う俺も、ちょっとだけ気になり始めている。

一方樹里《じゅり》ちゃんの方は、ワンレンの髪が印象的なサバサバした女の子だ。

気が強そうにも見えるけれど、学校のキツい女子とは違って正々堂々とした感じで、俺としても好印象だった。

そんな二人が、この家に住む。

俺たち三人と一匹に追加して、五人で住む……。

現在、二人は内見を終えて家に荷物を取りにいっている最中。夕方には戻ってきて、そこから本格的に同居が始まる予定らしい。

「えー、もしかして、優太《ゆうた》も嫌だったか？」

マジかよ、みたいな顔で諒《りょう》が尋ねる。

「秋《あき》がよー色々ぶつくさ言ってきて。確かに勝手に話進めちまったけど、緊急事態だったし。俺は、困ったときはお互い様だと――」

「――い、いやじゃない！」

俺は、慌てて諒《りょう》の台詞《せりふ》にかぶせた。

「こ、困ってるなら力になりたいし！　あの二人なら、大歓迎だよ！」

「だよな！」

言って、諒《りょう》は勢いよく肩を組んでくる。

「ここで断るようじゃ、度量ってもんが足りねえよな！」

「うん、そうだよ！　ストーカーなんて怖いだろうし、放っておけない！」

そうだ、気のない男につけ回されるなんて、どれだけ怖かっただろう。

乱暴な手段に出られる可能性だって、ゼロじゃないんだと思う。

この家に住むことでそんな不安を解消できるなら、いくらでも住んでくれていい。

それに……本心を言えば。

男三人、女二人とふれる一匹の共同生活。

なんだか、漫画みたいで憧れてしまうシチュエーションだった。

しかも……他でもない奈南《なな》ちゃん。今一番、気になっている女子と……。

脳裏に浮かぶ、トレンディドラマ風の日々。

愉快な食卓、充実した休日。ちょっとした不和と仲直り。

そして、徐々に近づいていく心の距離……！

熱血青春ファッション漫画みたいな毎日は、確かに手に入れられなかった。

それでも、同居ものドラマみたいな毎日だって大歓迎だ。

だから俺は、荷物を取って戻ってきた奈南《なな》ちゃんと樹里《じゅり》ちゃん。そんな二人を、玄関で両手を広げて迎えたのだった。


「――いらっしゃい！」

＊

そうして始まった、五人＋一匹の生活。

ごちゃ混ぜで彩《いろど》り豊かな毎日は、賑《にぎ》やかで楽しいものだった。

例えば朝、いつものように諒《りょう》が半裸でひげそりを、俺がTシャツにパンツ一丁で洗面台で歯磨きをしている最中。突如奈南《なな》ちゃんによって扉が開けられ、逆ラッキースケベをかましてしまったり。

秋《あき》が用意した朝食を食べた樹里《じゅり》ちゃんが「うまーい！」と大喜びしてくれたり。

漫画を読んでぽろぽろ泣いている奈南《なな》ちゃんを見たときには新鮮に思ったし、樹里《じゅり》ちゃんに「これ、おいしーよ」なんて言われて一口もらったアイスはマジで美味《おい》しかった。自分でもリピ買いするようになるレベルだった。

元々、三人でも楽しい毎日を過ごせていたんだ。

秋《あき》と諒《りょう》がいる生活は、気の置けない仲間同士十分に愉快だった。

それでも、彼女たちが加わってくれたおかげで、そこに華やかさも混じった気がする。

やっぱり女の子がいる方が、日々にも彩《いろど》りが生まれるんだなあ……。

そうそう、逆に幻想が砕かれたところもある。

女の子って、二十四時間放っておいてもかわいいんだと思っていた。

お洒落《しゃれ》な服を着て良い匂いをさせて、キラキラだったりふわふわだったりするんだと。

ただ……彼女たちの部屋着姿は、なんかこう……リアルで。

スウェットを着た奈南《なな》ちゃんはもちろん、高校のジャージを着ている樹里《じゅり》ちゃんはビシバシ生活感を放っていて。

女の子、っていうよりは、実家の母親を思わせる野暮ったさだった。

そうか……当たり前だけど、女子もそうなんだよな。

男と同じで、気を抜いてるときはキラキラでもふわふわでもないんだ……。

ありがとう……井ノ原優太《いのはらゆうた》、大人として一歩前に進めた気がします。

ファッション業界には「リアルクローズ」っていう概念がある。

高級な服じゃなくて、一般庶民でも買える日常的な服、って意味合いのある言葉だ。

だけど真のリアルクローズは、奈南《なな》ちゃん、樹里《じゅり》ちゃんが着る部屋着みたいなものなのかもしれないなんて、そんな風にも思ったのだった。

*

「ねえ、皆で行かない⁉」

俺がそんな提案をしたのは、奈南《なな》ちゃん、樹里《じゅり》ちゃんが来てしばらく。

珍しく、全員が家に集まったタイミングのことだった。

「コンビニの買い出し！　ほら、せっかくの機会だからさ！」

仕事や学校がバラバラなこともあって、俺たちは生活リズムも人それぞれだ。

平日は学校通いの俺。

シフト勤務、夕方から朝まで仕事の秋《あき》。

水曜が定休日の不動産会社で働く諒《りょう》。
樹里《じゅり》ちゃん奈南《なな》ちゃんも、昼間の時間帯に不定休の仕事をしている。
だからこそ——その全員の休日が重なった今日。
こんな日くらい、一緒に出かけて思い出を作りたいと思ったんだ。
行こう行こう！　と賛成の雰囲気になり、ぞろぞろ連れ立ってコンビニへ向かう。
けれど、その途中。
「なにもみんなで行かなくても……」
よく晴れた夜空の下を歩きながら、秋《あき》は未《いま》だに唇を尖《とが》らせていた。
「それに、ふれるまで……」
カバンの中に大人しく収まっているふれるに目をやり、ふっと息を吐く秋《あき》。
みんなそれぞれ乗り気な中、秋《あき》だけが一貫して不満そうな態度だった。
もー、こういうときくらい素直に付き合ってくれてもいいと思うんだけどな！
こんなに天気良《い》いし、気持ち良い風も吹いてるんだ。
自宅に籠もってるのはもったいないよ！
ふれるだって、一匹でお留守番っていうのはさすがにかわいそうじゃない？
「たまには散歩くらいさせてあげなきゃ」
俺に同感らしい、樹里《じゅり》ちゃんが助け船を出してくれる。

さらには奈南《なな》ちゃんも、ちょっと不安そうに眉を寄せ、

「やっぱ、見られちゃまずい子なの？」

「あー、いや……」

思わず、その質問には口ごもってしまった。その辺は、説明が難しいんだよな……。

ふれるがどういう存在なのか。

生き物なのかあるいはそうでないのか、俺たちさえよくわかっていない。

ただ、幼い頃秋《あき》が見つけてきて、俺たちをつないでくれた。

それ以来、ずっと一緒にいる友達、それがふれるだ。正体は今もって完全に不明だった。

ただ周囲の人から見れば、基本は「不思議なハリネズミ」にしか見えないだろう。

特定外来生物とかと勘違いされる可能性もあるだろうけど、そんなリスクよりも運動不足の方がよっぽど身体《からだ》に悪そうだ。

基本は人目を避けつつ、遊ぶときは遊ぶ。外に連れていくならむしろ堂々と！

それが、個人的にはいいんじゃないかと思っている。

「じゃあいいじゃない！」

そして、またも同感らしい。さばけた口調で樹里《じゅり》ちゃんは言う。

彼女は向こうに見えてきた公園、その施設を指差すと、

「せっかくだから、少し遊んでいこうよ！」

意外と無邪気な表情で、そんな風に提案してくれたのだった。

＊

到着したのは、地域でも一番大規模な運動公園だった。

テニスコートや野球場、ドッグランまであって、周囲の住民の憩いの場所になっている。

そして実はここ、水の再生センターの屋上に作られていたりする。

こうして敷地《しきち》内にいる分には普通の公園にしか見えない。けれど、ウェブの3Dマップで確認すると、確かに平べったい建物の上にあるのが確認できる。

そういうのを見ると、なんかやっぱり都会なんだなと。土地の使い方が島とは違うなと、改めてそんなことを実感するのだった。

「おーい、こんなんあったぞ！」

運動場に到着し、何をしようかーなんて話していたところで。

諒《りょう》がそんなことを言いながら、誰かの忘れ物らしきものをかざしてみせる。

その手にあるのは、鮮やかな色合いの円盤で、

「お、フリスビーか！」

いいね！　そういうので遊ぶの、小学生のとき以来かも！

晴れた空と暖かい空気。
そんな中、開けた公園でやるにはもってこいだ。
諒《りょう》は短くそれを構えると、
「——ふれる！」
まずはそれをふれるの方に——カバンから解放されていたふれるに投げた。
緩やかな弧を描いて、飛んでいくフリスビー。
瞬間、ふれるはその場から駆け出した。
空を舞う円盤を追い、すごい勢いでそれに追いつく。
そして、地面に落ちる寸前で——飛びついた。
「おおおー！」
諒《りょう》、奈南《なな》ちゃん、樹里《じゅり》ちゃんたちから歓声が上がる。
俺もふれるに駆け寄りながら、内心びっくりしていた。
「やるなふれる！」
こういうことできたんだね！
今までボール遊びとかもしたことがなかったから、全然知らなかったよ！
でも……うん。
こうなったら、面白くなってきた。

ふれるも一緒に、楽しい時間を過ごせそうだ！

「ほら、貸して……」

と、一旦ふれるからフリスビーを受け取ろうとして、

「——痛っ！　……って〜……」

指先に、鋭い痛みが走った。ふれるに触ると発生する、不思議な痛み。

出会った頃から、この性質は変わらない。

けれど、今はそんなことも気にならなかった。

『——早く早く！　僕に遊ばせて！』

そう言いたげにぴょんぴょん跳ねているふれるに「ちょっと待って……よっ！」と言いながら、俺はそれを諒《りょう》の方に投げる。

ここからは、参加したいメンバーで回していこう！

暴投気味だったそれを諒《りょう》は華麗にキャッチして、

「樹里《じゅり》！」

スムーズに樹里《じゅり》ちゃんの方に放った。

「え、ちょ……！」

意外にも、飛んできたフリスビーに驚き目をつぶる樹里《じゅり》ちゃん。

円盤は肩にぶつかり地面に落ちる。

諒《りょう》が「ぶははは！」と笑い、樹里《じゅり》ちゃんが「もー！　笑いすぎ！」と唇を尖《とが》らせる。

そして、フリスビーが秋《あき》に回り、秋《あき》から奈南《なな》ちゃんに投げられたところで、

「よっ、とと……」

少し遠めに飛んでいったそれを、奈南《なな》ちゃんは華麗なステップでキャッチした。

「……へえ。奈南《なな》ちゃん、上手《うま》いんだな」

その光景がちょっと意外で、俺は小さくそうこぼした。

「身のこなしがきれいだし、スポーツとかやってたのかな……」

危ういところに飛んできたフリスビーも、なんなく受け止める。

投げるときには的確に相手の手元を狙えているし、表情に余裕もある。

奈南《なな》ちゃんの動きは、見紛《みまが》うことなく運動が得意なタイプのそれだった。

どちらかというと、逆のイメージだった。奈南《なな》ちゃん樹里《じゅり》ちゃんの二人組でいえば、樹里《じゅり》ちゃんが運動が得意、奈南《なな》ちゃんは苦手、みたいな感じかなと。

どうやらそれは、正反対だったらしい。偏見、良くないなーと心の中で自戒する。

そして、そんな風に活躍する奈南《なな》ちゃんを見ていて、

「……」

俺は、改めて彼女のことが気になっているのを再認識した。

柔和な笑顔は淡い光を纏《まと》って見える。すらりとした腕は柔らかそう。

広場を駆け回るステップも、踊るように軽やかだ。

「……学校、続けててくれればなー」

無意識のうちに、そうつぶやいてしまった。

「先輩後輩だったら、どうなってたのかなー……」

俺が通う服飾学校、清水服飾学院。

奈南《なな》ちゃんはかつてそこの生徒で、二年前に事情があってやめてしまったらしい。

けど……今も続けていてくれたら。

学校の先輩後輩として出会えていたら、一体どんな関係になっていただろう。

先輩としての奈南《なな》ちゃんは、俺からはどんな風に見えただろうか……。

「まあでも、ないものねだりか……」

ひったくりがきっかけじゃなきゃ、今みたいに仲良くはなれなかったかもしれない。

同居はおろか、知り合いにすらなれなかった可能性もある。

だったら、今ある関係を大事にした方がいいんだろう。俺は小さく首を振り、頭の中で展開していた空想を振り払った。

「よっ！」

気付けば、奈南《なな》ちゃんが俺のすぐ隣にいる。

高めに飛んできたフリスビーをキャッチして、「いくよー！」と諒《りょう》の方に投げている。

その横顔を眩《まぶ》しく思いながら――ふいに、ピンと来た。

「……もしかして、奈南《なな》ちゃん」

そう口に出すと、彼女はこちらを向き首を傾《かし》げる。

そんな彼女に、

「清水にいた頃、専攻は……デザインだった？」

――デザイン専攻。

清水服飾学園内に沢山ある専攻の中でも、名前の通りデザインを専門で学ぶ学科だ。

奇抜な格好の生徒も多く在籍する学校の花形で、かく言う俺もそこに所属している。

そして――奈南《なな》ちゃん。

どちらかというと、カジュアルでシンプルな服装をしている彼女。

こう見えてこの子も、専攻はデザインだったんじゃ……。

「……え、正解！」

案の定、目を丸くしながら奈南《なな》ちゃんは言う。

「よくわかったね！　わたし、専攻当てられたこと一回もないよ！」

「やっぱり！　そうだと思ったんだよね！」

そんな風にうなずいてみせながら、確かにそう簡単には当てられないだろうなと思う。

デザイン専攻には、尖《とが》った格好やモードな服装の生徒が多い。

高価な海外ブランドを着ている人もいるし、既製品じゃ満足できなくて自作の服を着る人もいる。

対する奈南《なな》ちゃんの格好は、その反対だ。

シンプルだったりカジュアルだったりするアイテムが多くて、プチプラもかなり取り入れてるんだろう。あまりデザイン専攻では見ないタイプのルックスだ。

「シューズとか、帽子のデザインだと思われることはあったけど……」

不思議そうにそう言って、奈南《なな》ちゃんは俺を覗《のぞ》き込む。

「なんでわかったの？」

面はゆさに頬をかきながら、

「……運動してるの見てて、気付いたんだ」

俺はそう答えた。

「アイテムのシルエット選びが、実はすごくお洒落《しゃれ》だなって。無地の服でも、生地感とか形とか気が利《き》いたものを選んでるし。尖《とが》りすぎてないのにトレンドライクで、そのうえ奈南《なな》ちゃん自身のこだわりも感じる」

身体《からだ》を動かすところを見て、ようやく気付けた。

揺れる生地。機敏な動きで生まれるドレープ。それがどうにも、今風で魅力的だった。

もちろん、奈南《なな》ちゃん自身が美人なのもあるだろう。

けれど……それだけじゃない。

その魅力は、服選びで生み出されているところも大きい。

「デザイン専攻って、そういうのすごく意識するでしょ？　だから、もしかして……って思ったんだ」

「へー、すごい！」

心底感心した様子で、奈南《なな》ちゃんは言う。

「さすが現役生……そんなことで気付けるんだね。びっくりしちゃった！」

「あはは、外れてなくてよかった！」

「……なんかうれしいなー」

言って、奈南《なな》ちゃんは目を細める。

「わたし当時は結構『地味かな……』ってコンプレックスだったから。今そうやって褒めてもらえると、救われた気分かも……」

言いながら、奈南《なな》ちゃんは懐《なつ》かしげに笑う。

その表情は穏やかで、訳ありっぽい過去とは不釣り合いに見えて。

だから、俺は改めて気になった。

清水服飾学院という、トップクラスの服飾学校をやめてしまったわけ。

そのことを、今の奈南《なな》ちゃんがどう思っているのか——。

「……今はもう」

できるだけ慎重な口調で、そう尋ねた。

「服作りたいとは、あんまり思わない？」

「……んー」

その問いに、奈南《なな》ちゃんは一度視線を落とす。

そして、たっぷり数秒の間を空けてから、

「思うよ」

彼女は端的にそう言った。

「思うけど……」

わずかに下がった声のトーン。明るかった表情に差し込んだ陰り。

だから、それが本心を如実《にょじつ》に物語っているような気がした。

奈南《なな》ちゃんは、今も。心のどこかで、服を……。

「――奈南《なな》ちゃん！」

唐突に、響いた諒《りょう》の声。

「そっちいったよ！」

「……うん！」

パッと顔を上げ、フリスビーを見上げる奈南《なな》ちゃん。

その表情から、さっきまでの憂いはきれいさっぱり消え失《う》せていたのだった。

*

「――はぁ……」

休みが終わり、また月曜日がやってきた。

いつものように新宿駅で降り、学校に向けて歩き始める。

周囲を行くスーツ姿の人々。皆が皆憂鬱そうな顔をしているように見えて、なんでこんなことしてるんだろうなーと思う。

わざわざ嫌な思いをして学校に行って、反りの合わない同級生たちと勉強をする。

地元から出てきてまで、なんでこんな苦行みたいなことをしているんだろう。

こんなことなら、島にずっと籠もっていた方が幸せだったんじゃないか。

地元で適当な仕事について、誰かと結婚して、一生を島の中で終える方がよかったんじゃ……。

けれど、

「……うん」

向こうに見えてきた、清水服飾学院の校舎。

それを眺めながら……それでも確かに、自分の中で意志が頭をもたげるのを感じる。

あの日抱いた、ファッションへの憧れ。

服装で、世界や意思やアティチュードを表明する。

そのことへの、今も消えない強い欲求——。

そう、これがあるから、俺は今もこの学校に通い続けている。

どんなに同級生と折り合いが悪くても、この瞬間は苦しい思いをするんだとしても、どうしたって諦めきれないでいる。

そして、

「……奈南《なな》ちゃんも」

ふと、彼女の名前が口をついて出た。

「同じだったりするのかな……」

俺がこんな状況でも服を作りたいように、あの子の中にもデザインを求める気持ちがあるんだろうか。そんな願望が、今も胸の中にあるんだろうか。

だとしたら、

「……そんな機会が、あればいいんだけど」

ずいぶんと近くなった校舎。

現代的なその建物を見上げながら、俺はもう一度つぶやいた。

「そういうチャンスが、あればいいんだけどな……」

＊

その晩。自宅には俺と諒《りょう》、奈南《なな》ちゃんの三人がいた。

毎週水曜日は、このメンツになることが多い。

水曜定休の諒《りょう》と定時で上がれる奈南《なな》ちゃん、授業終わりの俺という三人が集まることが。

そんなとき、やることは様々だ。

三人でご飯を食べに行ったり、テレビで映画を観たり。

逆に、各自自分のスペースで自由に過ごすことだってある。

そして今夜は、

「そっかー！　じゃあふれるとは、小さいときから友達なんだー」

「だね～」

「もう十年以上だな～」

「長生きなんだねーふれる……」

言いながら、奈南《なな》ちゃんはとろんとした目で傍《かたわ》らのふれるを見る。

「もっともっと長生きするんだよ～、長老になろうね～」

――飲んでいた。

ワインやビールを買い込んで、一階の居間で宅飲みをしていた。

三人で飲むのは、考えてみれば初めてかもしれない。

いつもは樹里《じゅり》ちゃんがいたり秋《あき》がいたりで、もうちょっとメンバーが多かった。

どんな感じになるだろ、盛り上がるかな……と思っていたけれど、会話は弾みに弾んでいる。

むしろ、普段は静かになりがちな奈南《なな》ちゃんが積極的に話してくれて、面白い。

話題は、お互いの幼い頃のことだ。

奈南《なな》ちゃんの幼少期の話題には、本当に笑わせてもらった。

こう見えて実は強情だったこと、お気に入りのパジャマがあって絶対脱ぎたくなくて、それを着て保育園に行ったりしていたこと。今の奈南《なな》ちゃんからは、想像のつかない奔放エピソードだった。

逆に俺たちは、仲良くなったきっかけを聞かれた。

全部を明かしてしまうのは難しいから、ふれると出会ったその日に親友になった、という風にぼんやり話しておいた。

それ以降、三人と一匹で成長していったことも、エピソードのダイジェストも添えながら奈《な》南《な》ちゃんに説明する。奈南《なな》ちゃんはときに笑い、ときに眉を寄せたりちょっと怒ったり、表情豊かにそれを聞いてくれた。

「でも、島からふれる連れ出すとき、心配じゃなかった～？」

話が上京の頃まで進んで。いつもよりも無防備な声で、奈南《なな》ちゃんは尋ねる。

「ほら、環境変わるでしょ？　ストレスとか、色々気がかりじゃない？」

「あーそれなー」

ワインを一口飲み、諒《りょう》はうんうんうなずく。

「実際、色々心配したなあ」

「空気の違いとか水の違いとかね」

「でもよ、ふれる、普通にペットフード食うから。まあ多分大丈夫だろうなって」

「海沿いの洞穴に住んでたらしいから、多分身体《からだ》は強いよね」

「心配があるとしたら、やっぱり冬とかだよなー」

腕を組み、諒《りょう》はふれるをじっと見る。

「ほら、やっぱ都内は島よりちょびっとだけ寒いからよ。雪とか積もったりすんだろ？」

「あーうん。何年かに一回くらいは積もるねー」

「だよなー。島は雪とか、全然降らなかったからなー」

「風邪とか、引いちゃったりするかもね……」

これまでのことを思い出し、俺は考える。

正直なところ、ふれるが病気らしい病気にかかったことは一度もない。

元気がなくなったり、逆になんだか楽しそうだったり。そういう変化は長年の付き合いでわかるようになってきた。それでも、身体《からだ》の不調……みたいなものは、感じたことがなかったと思う。

ただ、それもあくまで島にいた頃の話だ。

間振島で伝説になっていた存在が、そこを離れて都会に来てしまったわけで。何が起きるかわからない。今後は、健康面の変化にも敏感に気付けるようになっておきたいと思う。

「防寒着とかが、必要なのかもね～」

「あー、犬飼うときとかも最近は、そういうの意識するらしいな～」

「海外ブランドが、ペット用の服出してたりもするしね」

ファッションサイトで知ったけど、最近冬の散歩時は犬に服を着せたりもするらしい。

かわいさのためだけじゃない。犬種によっては寒さに弱かったりするから、例えばチワワなんかは服を着せてあげるのがいいんだそうだ。

「あれ、かわいいよなー」

「ねー！」

「こないだ、ポロシャツみたいなの着た犬がいて、似合ってて笑っちまったよ」

「わたし、サンタ服の子見たことあるよ～」

そんな二人の会話を聞きながら、ビールを一口飲んで——俺はふと思い立った。

よっぱらった頭に浮かんだアイデア。唐突に生まれた思い付き。

けれど……うん。良《い》い気がする。この状況にぴったりだ。

楽しそうだしふれるも喜びそうだし……何より、奈南《なな》ちゃんのためにもなりそうな予感。

だから、俺は意を決し、

「……じゃあ、作る？」

そんな風に、提案した。

「ん？」

「何をだ？」

「服だよ」

「ふ、服……？」

「誰の？」

「ふれるの」

そして、その場に立ち上がり。俺は宣言するようにこう言った。

「ふれるが着られる服を、三人で作るんだよ！」

ちゃぶ台の横にいたふれるが、不思議そうな顔でこちらを見上げた。

そう……ふれるだって、犬みたいに服を着れば良いんだ。

冬は防寒になるし、真夏は直射日光を避けられるはず。

服越しなら触ったときの痛みも、ちょっとは軽減されるかもしれない。

そして、ここにいるのは清水服飾学院のＯＧ一人に現役生一人、プラスその友人の三人だ。

このメンツなら、ふれるが着られる服を一から作れるはず！

「え、でも棘《とげ》あるよ……？」

「寝かせれば大丈夫！　あとは、丈夫な素材で作ればきっとなんとかなる！」

「そっ、か……」

小さくうつむく奈南《なな》ちゃん。その顔に――公園でのやりとりを思い出す。

今でも服を作りたくなることがある、と言っていた奈南《なな》ちゃん。きっと、学校をやめた今も、ファッションへの気持ちがこの子の中には残っている。

だとしたら、これが良い《い》機会になりそうな気がしたんだ。

久しぶりに、学校なんて関係なく服を作れるチャンス。

……確かに、下心だってゼロじゃない。

これをきっかけにもっと仲良くなりたいとも思っている。

でもそれ以上に、同じ業界を志した人間として。奈南《なな》ちゃんの気持ちが少しでも報われる手伝いを、俺はしたかった。

「どうかな？」

考えている奈南《なな》ちゃんに、俺は尋ねる。

「試しにみんなで、やってみない？」

そして、しばらくの間のあと。

「……いいね」

存外明るい顔で、奈南《なな》ちゃんはうなずいてくれた。

「作ろうか、ふれるの服」

「ありがと。じゃあ、決定で！」

「おっし、俺もやれることやるぜー」

気楽な顔で、諒《りょう》もそんな風に申し出てくれる。

こうして──共同作業をすることが決まった。

俺と奈南《なな》ちゃん、諒《りょう》の三人でする実制作。

東京に来て以来、こんな風にわくわくする制作は初めてかもしれなかった。

「じゃあじゃあ、デザインどうしよう⁉」

スケッチブックや筆記用具など、道具を用意して奈南《なな》ちゃんに尋ねる。

「そうだな……わたし、ちょっと描いてみていい？」

「うん、大歓迎！」

「えっと、じゃあねー……」

言いながら、奈南《なな》ちゃんはさらさらとスケッチブックに鉛筆を走らせる。

ブランクがあるだろうに、慣れた手つきだった。

やっぱりこの子は、ちゃんとファッション業界を志していたんだなと改めて思い知る。

そして、あっという間にラフは完成して、

「こんな感じで、どうでしょう？」

「おお……いいね、めちゃくちゃいい！　かわいいよ！」

そこに描かれているアイデアに、そんな声を上げてしまった。

奈南《なな》ちゃんが提案してくれたのは、ケープのように羽織る形の服だった。

かわいらしい模様を散らしながら、ボタンループで止める形にして動きやすさを確保。

確かにこれなら寒い季節も温かそうだし、直接触ってしまうのを防げそうだ。

そして何より……かわいい！

「へー！　いいな、それ！」

傍《かたわ》らで見ていた諒《りょう》も、こちらに身を乗り出した。

「ふれるにも似合いそうだ」

「だね！　よし、じゃあ俺パターン起こすよ」

「動物用のとか、起こせるの？」

「まあ、そう難しい形じゃないからね！　いけると思う！」

「生地はどうしよう？　こんな時間に開いてる手芸店あるかな？」

「結構家にあるから、それを使おう！」

そんな風にして、制作は回りだし。

三人の連携も上手《うま》く噛《か》み合《あ》い、作業は順調に進んでいったのでした。

＊

「——んじゃ、俺は明日も早いし寝るわ」

諒《りょう》がそう言って立ち上がったのは、制作開始からしばらく。

採寸を終えて、パターン起こしに入ろうか、というタイミングだった。

「ほら、ふれるも行くぞ」

「え？」

思わず、戸惑いの声を上げてしまった。

確かに、諒《りょう》は明日も仕事のはずだ。けれど、言うほど時間が遅いわけでもないし、いつもはもっと夜ふかししているはず。もう少し付き合ってくれてもいいのに……。

見れば、諒《りょう》は何やらニヤニヤしていて。

その表情はあからさまに意味ありげで、

「んじゃ、ごゆっくり……な」

そう言って、彼は俺にウインクをしてみせた。

それで、ようやく意図がわかった。

「……！」

——頑張れよ。

——奈南《なな》ちゃんと上手《うま》くやれよ。

諒《りょう》は、そう言いたいんだ……。

俺が奈南《なな》ちゃんのことを気にしているのは、諒《りょう》にも秋《あき》にもバレバレだ。

ふれるを通じて考えていることは伝わったはずだし、そうじゃなくても行動を見ていればわかっただろうと思う。

だから……お膳立てしてくれた。

俺と奈南《なな》ちゃんが二人きりになれるよう、気を使ってくれた……。

「おやすみなさ～い」

そんな思惑にも気付かず、奈南《なな》ちゃんは酔ってふわふわの声で諒《りょう》を見送る。

無防備なその表情に、俺の鼓動はゆるゆると加速を始めた。

ここまでは、純粋に服作りを楽しんでいた。

奈南《なな》ちゃんの手際《てぎわ》の良さに、やっぱり先輩だななんて実感したりもしていた。

けれど考えてみれば……確かにチャンスなんだ。

夜中に二人っきり。お酒も入っている。

共同作業はまだまだ続くから、時間も十分あるだろう。

距離を縮めるには、これ以上なく都合の良《い》い状況……。

「さてー、次はパターンだねー」

「……うん、だね……」

諒《りょう》の足音が廊下の向こうに消える。ごく自然に、作業が再開する。

けれど、今の俺は妙に色んなことが意識されてしまって、変に奈南《なな》ちゃんから目を逸《そ》らしながら、作業を再開したのだった。

*

そこからも、制作自体は順調に進んだ。

パターンを起こして型紙を作り、組み立ててサイズ感を確認。

問題がなさそうで、生地の裁断に取りかかる。

型紙を貼り付けた生地を、裁ちばさみで切っていく奈南《なな》ちゃん。

その手つきは、ブランクがあったとは思えない鮮やかさで、

「……さすが、手際《てぎわ》いいね」

反射的に、そんな感想をつぶやいた。
別に、良い雰《ふん》囲気にしようだとかおだてようとか、そんな意図は全くない。
一服飾学生としての素直な気持ちだった。
「昔、友達のネコちゃんに作ってあげたことがあって……」
その思い出を、大事そうに口にする奈南《なな》ちゃん。
それがなんだか、楽しそうだったから。
当時もきっと、幸せなことが沢山あったんだろうなと感じたから、
「学校やめちゃったの、もったいないなー」
もう一度、自然とそんな言葉が零《こぼ》れてしまう。
そこで——奈南《なな》ちゃんの手が止まった。
生地からまち針を抜いていたその指が、短く静止する。
そして、彼女の顔に浮かんでいる、酷《ひど》く曖昧で薄い笑み。
……しまった、不躾《ぶしつけ》だったかも。
この状況に浮かれて、踏み込みすぎてしまったかも……。
「んじゃ、あとはミシンで一気に……」
そんな失態を帳消しにしたくて、空元気でミシンを取りに行こうとする。
個人的に、ミシンは大好きだ。

これまでデザイン、パターン、裁断と準備してきた制作が、勢いよく形になる過程。

もちろん、作業としては難しいし集中も必要だ。

けど、今はその心地好《ここちよ》さで気まずい雰囲気を吹き飛ばしてしまいた──、

「──痛っ！」

──声を上げた。

作業を再開した奈南《なな》ちゃんが、鋭い声を上げた。

どうやら、針が指に刺さったらしい。

「……平気？」

「う、うん。久しぶりだったから、びっくりしちゃって……」

言いながら、指先に目をやる奈南《なな》ちゃん。

見れば──存外しっかり刺してしまったようで。

そこには、赤い血の粒が浮かび出ていて、

「ちょっと見せて！」

反射的に、彼女の手を掴《つか》んだ。

──特に、意味のある行動のつもりはなかった。

思ったよりも痛そうで、消毒した方がいいかなと感じて、傷を見ようとしただけ。

けれど、

「えっ……」

「え？」

びくりと身を震わせる奈南《なな》ちゃん。

そのリアクションに、小さく驚いた俺。

二人の声が順番に響いて、気付けば、お互いの顔が至近距離にあって。

——きれいだ。

ほとんど反射的に、そう思った。

柔和そうな印象の目と、高品質のシルクみたいにきめ細かな肌。

素朴な印象のメイクと、薄い色合いの唇。

だから……ごく自然に。

下心も衝動もほとんど自覚のないまま、俺は彼女に顔を近づけて——、

「——あ、いや……」

奈南《なな》ちゃんが、顔を背けた。

遠ざかる唇、その頰。

見れば彼女は困ったような、何かをごまかしたがっているような表情だ。

彼女の意思は、勘違いしようがないほど明らかで、

「……!!　あ、いや！　ご、ごめん！」

慌てて彼女から距離を取った。

脳内にうわっと感情がこみ上げる。

恥ずかしさ、情けなさ。焦《あせ》りと後悔と自己嫌悪《けんお》。

俺、バカすぎるだろ！　こんな状況で、流れに任せてなんてことを……！

「何やってんだろ俺、ほんとごめん……」

自分への失望が、胸に湧き出す。

「酒入ってるからって、俺、最悪だ……」

「いや、そんな……」

「あーもう、くそ……」

奈南《なな》ちゃんが戸惑う声を上げるけれど、俺は後悔を止められない。

いつも俺……こんな感じなんだ。

何かが上手《うま》くいきそうになったとたん、派手なミスをやらかす。

状況を上手《うま》く読み取れなくて、対応を誤る。

清水服飾学院での現状が、その最たるものだ。

なのに同じ失敗を、今度は奈南《なな》ちゃんにまでやらかしてしまった。

せっかく、諒《りょう》がチャンスを作ってくれたのに。俺がこんな、ダメなやつなせいで……。

かつて、ふれるで秋《あき》と諒《りょう》の気持ちがわかるようになって、俺は驚いた。

本当に、二人とも良《い》いやつだったんだ。

黒い考えが全くない。悪意や敵意が全然なくて、あんまりにも人間ができている。

さらには……こんな俺のことも、大事な友達として良く思ってくれる。

この世の中生きていけるのかなって心配になるほど、本当に二人は良《い》いやつらだった。

だから逆説的に、自分のダメさを知ってしまった。

自信がなくて、そんな俺自身を変えることもできない。

学校が辛《つら》いだとか情けないことばかり考えて、自分の苦痛ばっかりで。

そしてついには、奈南《なな》ちゃんにまで迷惑をかけてしまった。

「……ほんと、くそ……」

わかっているけど、やめられない。

自分を責める言葉が、口から零れ落ちてしまう。

同居生活に浮かれてたけど、結局俺は、こんなもん――、

「――そ、そんなに落ち込まないで？　その――……」

探るような、奈南《なな》ちゃんの声。

そして彼女は、つぶやくように俺の名前を呼ぶ。

「優太《ゆうた》くん、だから。そこまでいや？　とかじゃ――」

「――ほんと？」

思わず、食い気味に尋ねてしまった。

小さく身を引いている奈南《なな》ちゃん。けれど、俺はちゃんと確認したい。

動揺している彼女の目を、じっと見つめる。

こんな俺だけど……奈南《なな》ちゃんがそれを受け入れてくれるなら。

それでも、嫌いじゃないと言ってくれるなら。

俺は、今までよりも少しだけ俺自身のことを好きになれそうな気がした。

「え？　あ……」

困ったような顔で、奈南《なな》ちゃんはしばらく口ごもったあと、

「……うん。それより――」

奈南《なな》ちゃんは逃げるように布に目をやる。

けれど、

「――じゃあさ」

俺はもう、止められない。

彼女の方に身を乗り出すと、

「つづき……」

奈南《なな》ちゃんは短く迷ってから……その目を、静かに閉じた。

彼女の表情に、心臓が胸の中で大きく跳ねる。

全身から汗が噴き出して、手が震えそうになる。

それを必死で抑えこむと、俺は彼女に顔を近づけ——唇を触れさせた。

口先に感じる彼女の柔らかさ、鼻をくすぐる髪の甘い香り。

至近距離に感じる、彼女の体温。

受け入れて、もらえた。こんな俺が、奈南《なな》ちゃんに許された。

うれしかった、ほっとしていた。

そして何より、自分を少し好きになれそうだった。

ずっとこうしていたい。いつまでも、こうやって唇を重ねていたいと思う。

けれど——、

ガチャ!


——聞き慣れた音がすぐ隣、玄関から響いた。

あれは、鍵の開いた音。誰かが帰ってきた——。

「——ただいまー」

気の抜けた、秋《あき》の声。

——反射的に、お互いの身体《からだ》を離した。

まずい――気付かれる。

この雰囲気じゃ、何かあったことを悟られる――。

ほとんど思考を介さないまま、玄関に続く扉をドタバタと開ける。

そして――、

「おかえり！　はや、早かったね！」

「おかえり……」

――二人揃《そろ》って、謎のテンションで秋《あき》を出迎えてしまった。

そんなタイミングで、奥から諒《りょう》まで出てきて、

「おーい大丈夫か？　なんかすごい音――」

「――なんも、なんもないよ！　ね⁉」

「あ、うん！　ちょっと飲み過ぎちゃったかなー……」

全身に冷や汗が浮かぶのを感じながら。声がうわずるのをはっきり自覚しながら、俺は奈南《なな》ちゃんとそんな風にうなずき合ったのだった。

……秋《あき》と諒《りょう》には感謝してるけど。一緒に暮らせて幸せだけど。

やっぱり同居――大変だ！　心の中で、俺はそんな風に叫んだのでした。

第四話

【高慢と偏見と宅建と樹里】

FURERU

──人の気持ちなんて、わからない。

それがわたし、鴨沢樹里《かもざわじゅり》のモットーの一つだった。

親だって兄弟だって、親友だって恋人だって変わらない。

相手の気持ちをまるまる理解するなんてありえないし、なんなら自分自身の気持ちがわからないことだって、よくあると思う。

これまで、色んな場面で言われてきた。

「──わかるー、樹里《じゆり》ちゃんの気持ち」

「──鴨沢《かもざわ》さんの言いたいこと、わかるよ」

「──俺、お前の考えてること大体わかるからさー」

例えばクラスメイトから。

例えば担任の教師から。

例えば付き合っている男から。

様々な場面で、様々な意図を込めてそんなことを言われてきた。

そんなはず、ないでしょう?

わたしの気持ちはわたしのものだ。

わかるなんて、そんな軽々しく言わないで欲しい。

わたしだけの心を、自分のものであるかのように扱わないで欲しい。

だから、

「……俺、たちはわかるんだ……」

諒《りょう》の家に、居候《いそうろう》させてもらいたくて。

下見に行ったとき、再会した秋《あき》くん。

「お互いの考えてることとか。だから……！」

どうやら、諒《りょう》から事情を聞かされていなかったらしい。

そんなはずがない、と主張する彼に。しどろもどろでそう言う彼の台詞《せりふ》に——わたしはシンプルにムカついていた。

あんまり波風立てない方が良《い》いのはわかっている。

わたしと奈南《なな》が、秋《あき》くんたちに出会《い》ったのはほんの少し前のことだ。

こっちがこっちの事情で無理矢理居候《そうろう》させてもらいたがってるわけだし、彼が抵抗を覚えるのもわかる。ここは変につっかからない方が、きっと賢いんだろう。

さらに言えば……この秋《あき》くんと、諒《りょう》はデキてるっぽい気がする。

テーブルの下で何度も手をくっつけてるところを見たから、まあ間違いないだろう。

男同士とは言え恋人だっていうなら、そりゃ相手を特別にも思っているはずだ。

ただ——だからこそその言い草が。

かつて付き合ってきた男たちの姿と重なった。

『──樹里《じゆり》のこと、俺、ちゃーんとわかってるからさ』


「……なんか、気持ち悪い」

反射的に、そんな言葉が口をついて出た。

「じゅ、樹里《じゆり》ちゃん……？」

奈南《なな》が心配そうに声を上げるけれど、わたしはそれでも口を閉じない。

「考え方までお揃《そろ》いのお友達？　みんなちがってみんないいじゃん」

「……相田みつをかよ」

「残念。金子みすゞ」

「……誰？」

知らないのかよ。山口県が誇る女性詩人だよ。

ちょうど百年くらい前、なんかの詩で「みんなちがって、みんないい」って言った人だよ。

大昔に授業で習った。

当時は多分、大正時代とかだと思うけど、マジでその通りだと思う。

人との関係は、そこから始めるべきなんだ。

みんなバラバラだ、考えていることなんてわからない。

言葉にすれば冷たく聞こえるかもしれないけれど、尊重ってそういうものじゃない？

それぞれを独立した一つの人間として扱って初めて、相手のことを大事にしていると言える。

わたしは、そう思う。

「——ただいまー」

玄関から諒《りょう》の声がして、その場は流れた感じになる。

奈南《なな》がほっと息をついて、秋《あき》くんが何かを言いに玄関に向かう。

……彼らが良《い》いやつなのは、わたしだってわかってるんだ。

そもそも、秋《あき》くんは奈南《なな》がひったくられたカバンを取り返してくれた。

諒《りょう》だって、困っているわたしたちを二つ返事で泊まらせてくれると言ってくれたし、諒曰《りょういわ》く優太《ゆうた》くんも「名前の通り、めっちゃくちゃ優しいやつなんだ」とのこと。

こんなタイミングで出会えて、ラッキーだったと思う。

それでも、

「ふう……」

ちょっとだけ、先が思いやられ始めていた。

この三人の関係、あんまりわたしが好きじゃないやつかもなー。

＊

それから、共同生活が始まった。

男三人、女二人、ハリネズミ一匹。計五名と一匹での、騒がしくて愉快な毎日。

どうなるかなーと、内心不安もあったけれど……楽しかった。

そう。初日はあんな風に秋《あき》くんに食ってかかってしまったけど、メンズ三人と一緒の生活は、正直楽しいものだった。

まず驚いたのは、秋《あき》くんの料理が美味《うま》かったこと。

越してきた翌日、朝ご飯から驚かされてしまった。

彼の作った味噌汁《みそしる》を一口飲んだわたしは、

「……⁉　うまーい！」

思わず、目を見開きそんな声を上げてしまった。

鼻を通り抜けるお出汁《だし》の香り。

それが合わせ味噌《みそ》の複雑な味と嚙《か》み合《あ》って、贅沢《ぜいたく》な美味《おい》しさを生み出している。

もう、インスタントじゃ絶対出せない味だった。一口飲んで、わかるレベルだった。

「だろ？」

なぜか諒《りょう》が、自分のことのように得意げに笑う。

「秋《あき》、なんか料理のセンスいいんだよ。バーのバイトに受かったのも、それが店主に認められてよ」

「すごーい！」

言うと、秋《あき》くんは照れくさそうに視線を逸《そ》らす。

いやでも、正直マジで見直した。

わたし、酷《ひど》い低血圧で朝は弱い方だ。元気は出ないし機嫌は悪くなるし、寝起きの時間にあんまり良《い》い思い出がない。

そんなわたしを、お味噌汁《みそしる》一発でこんなに元気にするなんて。

そっかそっか、秋《あき》くんにはそんな才能があったんだな……。

奈南《なな》が彼をちょっと気になっている様子なのに、ようやく納得もいったのだった。


ただ同時に……彼らの「わかり合ってる」感。

一緒に生活をしていると、それを目の当《ま》たりにする機会も多かった。

夕飯のメニュー決めだとか、休みの日のスケジュールだとか、ここの家賃の振り込みだとか。

細かいことから大事なことまで、なーんか会話なしでテキパキと進めてしまう。

極めつきは、わたしが平日休みで家にいた水曜日。

同じく休みだった諒《りょう》とダべったり、ふれると遊んだりした夕方のこと。

「ただいまー！」

「あ、おかえりー」

学校を終えた優太《ゆうた》くんが、何やら両手にビニール袋をぶら下げて帰ってきた。

「え、大荷物じゃん、何買って帰ってきたの？」

「ふふふ……」

なぜか自慢げな顔で、こちらに笑ってみせる優太《ゆうた》くん。

彼は勢いよくビニール袋を開けてみせ、

「これだよ！」

「おおおー！」

アイスだった。先日わたしがお勧めしたカップアイス。

それが、ビニール袋にぎっしり詰められていた。

「いやすご！　そんな買ってきたの⁉」

「うん、なんかスーパーで安売りしててさ！」

なるほど、そういうことか。

優太《ゆうた》くんも気に入ってリピ買いしてるのは知ってたけど、そこまでハマってたとは。

「ちなみにいくらだった？」

「なんと……一個九十八円！」

「やっす！　わたしこないだ百二十円くらいで買ったんだけど！」

「なんかフェアみたいなのやっててさー」

言いながら、優太《ゆうた》くんはほくほく顔でアイスを冷凍庫にしまっていく。

「運がよかったよー。ハマったタイミングでそんなの見つけられるなんて」

「へー、マジかー」

そうなると、わたしも今からスーパーに走った方がいいかもしれない。

きっと、そんなに安売りされてるなら近いうちに売り切れちゃうだろう。

すぐにでも、わたしの分の確保をした方が良《い》いかも、

「お、アイスかー」

考えていると、向こうから諒《りょう》がやってきた。

そして、優太《ゆうた》くんの肩にぽんと手を置くと、

「……」

「……」

短く、沈黙。

なぜだろう、なぜか優太《ゆうた》くん、諒《りょう》、秋《あき》くんの三人は、時折こうやって短く黙ることがある。

そしてそういうとき、彼らは決まって肩に手を置いたり指をふれさせたり、スキンシップも取

っている。

そういう距離の近さもあって、諒《りょう》と秋《あき》くんは付き合ってるんだと思っていた。

つい先日それが誤解だったのは判明したけど、今でも変にベタベタするやつらだなー、とは思っている。

そして、

「……安売りねえ」

冷蔵庫のアイスを眺めながら、つぶやく諒《りょう》。

そんなこと、諒《りょう》の前では一言も言っていないのに。

こんなに大量に買い込んだ説明もしていないのに、諒《りょう》は事情を察している。

こういう感じで。謎のスキンシップと沈黙があったあとに、「わかり合ってる感」のアピールがされるのだった。

マジ、何なんだろ。

仲良しであるのをお互い確認して、安心してるんだろうか。

そういうの、ほんとにキモいと思うんだけどな。

さらに、なぜか諒《りょう》はアイスを一個手に取り、

「ほれ」

こちらに差し出した。

「ん？　何？」

「やるよ、好きなんだろ？　このアイス」

「好き、だけど……」

当たり前みたいな顔の諒《りょう》に、わたしはまたしても戸惑ってしまう。

確かに、諒《りょう》もわたしがこのアイスを好きなのを知っている。

優太《ゆうた》くんに勧めたときに、一口わけてあげたし。

けど……それ、優太《ゆうた》くんが買ってきたやつでしょ？

なんで諒《りょう》が、自分のものみたいにわたしに差し出してんの？

「え、いいの？」

「おう」

「いや、諒《りょう》じゃなくて優太《ゆうた》くんが」

「んー？　いいよー」

当たり前みたいに、自分の分のアイスを手に優太《ゆうた》くんは言う。

部屋に戻ろうとする彼に諒《りょう》は、

「元々、樹里《じゅり》にもあげるつもりで買ったんだろ？」

「だねー。教えてくれたお礼ってことで！」

「そ、そう。ありがとう……」

諒《りょう》からアイスを受け取ると同時に、優太《ゆうた》くんは「じゃねー」と部屋に戻っていってしまった。

……まただ。

またこの、わかってる感。

しかも、今回はちょっと度がすぎてる気がする。

わたしにあげるつもりで買ったとか、もし想像がついたんだとしても、勝手に差し出しちゃうのはちがくない？

「んー……」

釈然としない気持ちで、キッチンからスプーンを拝借。

居間に移動して、アイスを食べ始める。

冷たい甘みが口に広がって、わたしのもやもやした気持ちと混ざり合う。

そんなわたしの向かいに、諒《りょう》がビール片手に「よっ、こいしょ」と腰掛けた。

「おっさんくさーい」

「おいおい、俺ら歳《とし》違わねーだろ」

「でもビール片手にちゃぶ台によっこいしょって、昭和すぎでしょ」

「高校のジャージ着てるやつに言われたくねーなー。ていうか」

と、諒《りょう》はうれしそうに缶を開け、中身を一口ごくりと飲むと、

「何ご機嫌斜めな顔してんだよ」

からっとした口調で、わたしにそう尋ねた。

「せっかく優太《ゆうた》にアイスもらったんだからよ、うきうきになってもいいんじゃねーの？」

その言葉に、わたしはもう一度アイスを口に運んだ。

確かに、せっかくこんなに美味《おい》しいんだ。

もうちょっと楽しい気分で食べたい気持ちもある。

それでも、

「……へー」

唇を尖《とが》らせ、わたしは諒《りょう》に言い返す。

「その、優太《ゆうた》くんたちとの『気持ちがわかる』設定。わたしには適用されないんだ。何にムカついてるか、わかんないんだ」

その返答に、ちょっと驚いた顔になる諒《りょう》。

それから彼は、困ったように笑って、

「まあ……あいつらが特別だからなあー」

早くも酔い始めているらしい、脳天気な声でそう言った。

「別に、誰も彼も考えてることがわかるわけじゃねーよ。マジであいつらだけ」

「はあ……ほんと好きじゃないなー、そういうの」

「わりぃわりぃ。そう思う気持ちは、俺もわかるんだけどな」

……また出た。気持ちがわかる、だ。

わたしの嫌いな、その台詞《せりふ》。

はあ〜と深くため息をついた。

まあでも……諒《りょう》は、こんな感じだろうなと思う。

メンズ三人の中でも、あからさまに体育会系。子供の頃はやんちゃ坊主《ぼうず》だったんだろうし、きっと言葉よりも先に身体《からだ》が動くタイプだったんだろう。

単純明快。

だからこそ、色んなことに頭を悩ませたり、考え込むこともない。

諒《りょう》は、そういうタイプだ。

思い返してみれば、意外にもそういう性格のやつと友達になるのは、初めてかもしれない。

わたしはサバサバ系に見られることが多いし、実際そういう側面もあると思う。

だから、こういうタイプが周りに多そうなものだけど、実際はそうでもない。

それこそ、幼なじみである奈南《なな》は、優しい気遣いタイプなわけだし。

スプーンでアイスの残りをすくいながら、わたしはなんとなく思い出す。

奈南《なな》と出会った幼い頃のこと。そして、関係が大きく変わった高校時代のことを——。

＊

——母親の友達の娘。

それがわたしにとっての奈南《なな》の、浅川奈南《あさかわなな》の立ち位置だった。

「お母さんの昔からの友達に、樹里《じゅり》と同い年の子供がいてね」

「今度、同じ小学校に入るんだよ」

「だから、会ってみない？　ご飯、誘われてるんだけど」

そう言われて、連れていかれた地元のファミレスで、六歳だったわたしたちは出会った。

当時から、奈南《なな》はかわいらしい女の子だった。

整った顔立ちと流行のお洋服。性格だって今よりも明るくてハキハキもしていた。

その日以降も、内向的なタイプだったわたしを何度も遊びに連れ出してくれた。

小学校では、運良く同じクラスに。教室でも奈南《なな》は人気者で、そのルックスと予想外に良い《い》運動神経で、学年の人気者女子勢の一角をなしていた。

だからそう、ちょっと憧れていたんだと思う。

まだまだ幼かったわたしは、奈南《なな》のお姫様みたいなあり方に、淡い憧れを抱いていた。

関係が変化し始めたのは……中学の頃だっただろうか。

本格的に思春期が始まって。なんとなく、クラスにカーストみたいなものができ始めた。わたしも、少しずつ自分の趣味を自覚し始めた。

当時ハマっていたのは、小説や昔の詩、音楽だ。もちろん、マニアックなところまでいくわけではない。けれど、国語の教科書に載っていた小説や詩を個人的に何度も読み返し、流行とはちょっとずれた音楽を聴いた。服装や髪型にもこだわりができた。

教室でも、どこかのグループに所属することはなかった。好き勝手に振る舞って、一匹狼《いっぴきおおかみ》的な立ち位置だったんだろうと思う。

対する奈南《なな》は、そういう意味での上昇志向が強いタイプなわけでもない。

本人は、ごく自然に上位カーストに収まっていた。

自分の意志でその位置についたわけでもないんだろう。

ただきっと、そのルックスの良さとソフトボール部でのエース級の活躍を、周囲のモテ系女子が放っておかなかった。だから奈南《なな》の周りにはいつもキラキラしたオーラの生徒がいて、学校社会における貴族ゾーンがそこに生まれていた。

そんな奈南《なな》に、いつからだろう。わたしは違和感を覚えるようになっていた。

以前のようなハキハキしたところはなりを潜め、周囲に合わせるようになった奈南《なな》。

空気を読み、顔色を窺《うかが》い、適切な行動を探るようになったように見える、あの子。

「日和見主義者」。

そう感じるようになるまで、それほど時間はかからなかった。

そんなわたしの感情の変化に気付いたのか、あるいはそうでもなかったのか。

いつの間にかわたしたちは、徐々に疎遠になっていった。

二人で遊ぶことはもちろん、教室で会話を交わすこともなくなり。高校に入る頃には、「ただのクラスメイト」としか呼べない距離感になっていた。

＊

そんなわたしたちにもう一度変化があったのは、ある冬のこと。

その日、わたしはコンビニにやってきていた。確か、好きだったバンドのライブチケットの発券とか、そういう用事があったんだと思う。

予定していた通り発券機での手続きを終《お》え。寒い日だし、なんか温かい飲み物でも買おうかなーとホットドリンクコーナーの前にいたところ、

「……あっ」

後ろで、誰かがそんな声を上げた。

振り返ると、

「樹里《じゅり》ちゃん……」

「あー、奈南《なな》か」

奈南《なな》がそこにいた。

多分、わたしと同じように飲み物を買いにきたんだろう。

コートに身を包み、寒そうに身を縮こまらせている奈南《なな》がそこにいた。

会話を交わしたのは、一体どれくらいぶりだっただろう。

もしかしたら、高校に入ってからは初めてだったのかもしれない。

彼女はちょっと緊張した様子で、

「ぐ、偶然だね……」

「だねー。ごめん、邪魔だった？」

「う、ううん！　全然、大丈夫……」

明らかに強がりとわかる笑みを浮かべて、奈南《なな》はそう言う。

その表情に、「やっぱり変わっちゃったなあ」と思った。

こんなときくらい「飲み物、わたしも見ていい？」とか言えばいいのに。

コンビニで幼なじみに会っただけで、何そんなに恐縮しちゃってんの。

ただ、恐る恐るといった様子でこちらを見上げる奈南《なな》。

その目がわたしの顔を向き、さらにちょっと上を向いたところで、

「……！」

ふいに――カッと見開かれた。

……え、何？　わたしなんか、顔についてる？

メイク崩れてるとか？

いぶかしむわたしに、奈南《なな》はあからさまにうわずった声で、

「かわいい！」

「は……？」

「樹里《じゅり》ちゃんの、そのバケハ……すごくかわいい！　めちゃくちゃ似合ってる！」

――バケハ。

確かに、わたしはそのときバケットハットを被《かぶ》っていた。

少し前に買ったお気に入りの、もこもこで暖かいやつ。

「ちょ、ちょっと見せてもらってもいい……⁉」

「い、いいけど……」

「失礼します！」

わたしからそれを受け取ると、奈南《なな》は触ったり裏返したりしながら作りをチェックする。

「ダルメシアン柄……かわいいなー。結構毛足が長いし、素材もいい……。あー、この生地に

合わせて、パターンも調整してあるんだ。ふむふむ……」

その熱心な表情に、小さく驚いてしまった。

この子、どうしたの。帽子？　そんなに興味あるの？

確かに、前からお洒落《しゃれ》には気を使ってるイメージはあった。

にしても、夢中になり方がすごくない？　そんな、帽子一つで……。

「……あ、ご、ごめん！」

そんなわたしの視線に気付いたのか、奈南《なな》はふいに我に返る。

「買い物の途中だったよね⁉　邪魔してごめんね！」

言うと、彼女はわたしにバケットハットを返し。何も買うこともないまま、

「じゃあ、またね！」

とコンビニを出て行った。

「うん、また……」

とわたしも返し、その背中を見送ってから。もしかしたらあの子、わたしが思ってるほど単純でもないのかも、なんて考え直していた。

それをきっかけに、再び学校でも奈南《なな》から話しかけられるようになった。

昔を思い出させる積極的なスタンスで、あの子はわたしに声をかけてくれる。

二年生に上がる前には、春服を買おうと一緒に買い物に出かけさえした。気付けば、きれいどころグループよりも長い時間をわたしと過ごすようになっていた。

そんな関係になるのは、久しぶりのことだった。

まだ幼かった頃、奈南《なな》がお姫様に見えていた頃以来の、懐《なつ》かしい距離感。

そして、そうやって付き合ってみると、奈南《なな》にはやっぱり変わってしまったところと、そうでもないところがあった。

気遣い上手で優しくて、空気を読むタイプ。そんな性格になったのは間違いない。

けれど、好きなものを前にすると以前の積極性が垣間《かいま》見《み》える。特にファッション関連、かわいい服を目にするとテンションが上がるようで、周りが見えなくなることが何度かあった。

そして——そんな奈南《なな》から大事な話を聞かされたのは。

卒業後の進路を聞かされたのは、そろそろ三年生になろうという春先のことだった。

「わたしね、東京に行こうと思ってて」

昼休み、天気が良《い》いからとやってきた校舎の中庭にて。

春の日差しを全身に受けながら、唐突に奈南《なな》は言った。

「学校卒業したら、上京しようと思ってるの」

「へー、ちょっと意外」

ちょうどその頃わたしも、卒業後には東京に行くことを考えていた。

たまたま見かけた雑貨屋で、モロッコや中東辺りのデザインに夢中になった。

将来、エスニック系の雑貨店を自分でも開きたいと思った。

海外で買い付けして、気に入った雑貨を置くお店――。

だとしたら、留学経験があった方がいいんだろう。

だからまずは、東京でバイトをして学費を稼ぐ。そんなことを考え始めていた。

そして逆に――奈南《なな》は地元に残りそうな気がしていた。

進学か就職かはわからないけれど、この街で穏やかに楽しく生きていくんじゃないか。誰かと結婚して、子供に囲まれて、愉快な毎日を過ごすんじゃないか、なんて。

「やっぱり、都会に憧れがある感じ？　買い物とかも、しやすいだろうし」

「んーん、そうじゃなくてね……」

首を振ると、奈南《なな》は短く口ごもり、

「これ……人に初めて言うんだけど。親にもまだ、言ってないんだけど……」

とそんな風に前置きしてから、

「服飾の、学校に通いたくて……」

消え入りそうな声で、そう言った。

わたしは——一瞬、返答に詰まってしまった。

奈南《なな》が、服飾の学校に行く。ファッション関係の勉強をする。

それは、つまり、

「アパレル関係の、業界に入りたいの？」

「……うん」

「具体的には？」

「デザインとか、パターンとか、それが無理なら他でもいいけど。制作に関わる、仕事をしたくて……」

言うと、奈南《なな》はほっぺたに両手を当て、

「うわー、言っちゃった！　初めて人に、打ち明けちゃった！」

酷《ひど》くそわそわした様子で、身体《からだ》をもじもじさせていた。

その向かいでわたしは……完全に、呆《ほう》けていた。

日和見主義者じゃないことは、とっくの昔にわかっていた。

強い意志があることはわかっていたし、ファッションに興味があることも知っていた。

考えてみれば、もう一度話すようになったきっかけだって、わたしが被《かぶ》っていたバケットハットだったたし。

けれど……アパレル関係。

しかも、制作に関わる仕事……。

素直に予想外だった。

予想外だったし、小さくショックも受けていた。

幼い頃から、奈南《なな》のことは間近で見てきたつもりだ。

この子のことを、ちょっとはわかった気にもなっていた。

……いや、本当はちょっとじゃない。この学校にいる誰よりも、理解していると思っていた。

家族よりもこの子のことわかってるんじゃ？　なんて自負さえあった。

けれど……気付いてなかった。奈南《なな》が、そこまで本気だったなんて。

そういう職業につきたいほどファッションが好きで、実際にそれを目指すほどに強い意志があったなんて。

「……いいじゃん」

自分の中で何かが変わるのを感じながら、わたしはそう言った。

「マジで良《い》いと思う。そういう夢」

「ほんと⁉　よかったー……」

ほっとした様子で、どはあと息を吐き出す奈南《なな》。

「笑われたらどうしようって、心配だった……」

「笑うわけないでしょー」

「それは、そうなんだけどさ……」

――人の気持ちなんて、わからないものなんだな。

そのとき、わたしは強く思った。

これまでも、もちろんそう感じていた。決めつけられて、憤《いきどお》ったこともあった。

けれど、今はっきりと理解した。

人の全てを知ることなんてできない。自分に見えるのは、ほんの一面でしかない。

突き放すのでも冷笑するのでもなく、これは期待だ。

わたしが思うよりもずっと、人は沢山のものをうちに秘めて生きている――。

「向こうでも、よろしくね」

気付けばわたしは、奈南《なな》にそう言っていた。

ぽかんとして首を傾《かし》げる彼女に、

「わたしも、東京行くから」

これまで伝えたことのなかった進路の予定を、初めて伝える。

「これからも、よろしく」

奈南《なな》の顔に、パッと笑みが咲いた。

そして、男子だったら一撃で恋に落ちそうな可憐《かれん》さで、彼女はうなずいたのだった。

「うんっ！　よろしくね、樹里《じゆり》ちゃん！」

＊

——アイスの件の翌週。

仕事をスムーズに片付けたわたしは、いつもより早い時間に居候《いそうろう》先の家に帰り着いた。

高田馬場《たかだのばば》駅《えき》から徒歩十五分ほど。

大通りから住宅街に入りしばらく歩いたところにある、古い一戸建て。

ぱっと見は、廃屋にしか見えない。

実際、メンズ三人が入居する前は廃屋そのものだったらしい。

けれど、こうして住まわせてもらった結果住み心地は上々で。内心わたしは、ここでの暮らしを気に入り始めてもいる。

「ただいま」

「……おー、おかえり」

玄関を開けると、居間の方から諒《りよう》の返事が聞こえる。

今日は水曜日。他のメンツはまだ外出中で、休みの諒《りよう》だけが家にいるんだろう。

「もう晩ご飯食べたー？」

「いや、まだ……」

靴を脱ぎながら尋ねると、もう一度返事が返ってくる。

「……ん？」

その声色に、わたしは眉を寄せた。なんとなく、上の空な声に聞こえた。

普段のからっとしたものとは違う、何か考えているような声色……。

アイス事件以来、わたしの中に諒《りょう》に対するもやもやが募っている。

単純で物事を深く考えなくて、確固たる信念もないように見える諒《りょう》。

だから、普段だったらこのまま自分の部屋に行っていたと思う。わざわざ二人になろうなんて、考えなかったはずだ。

だけど……その声は、わたしの思う諒《りょう》のイメージからちょっとずれていて。

なんとなく、何をしているのか気になってしまって。

居間の前に着き、台所と空間を隔てている扉を開けた。

「……おう」

ちゃぶ台に向かい、何やら本を覗《のぞ》き込んでいる諒《りょう》がいる。

こちらを見ないまま、小さく挨拶する彼。

集中の気配にちょっとだけ気圧《けお》されて、わたしの返事も小さくなった。

「うん」

彼が目を向けているのは、ずいぶんと分厚い本だ。

ノートに何かを書き付けながら、諒《りょう》はそのページを熱心に読み込んでいた。

「何してんの？」

「んー？」

慎重に尋ねると、ようやく諒《りょう》は顔を上げる。

そして「一区切り」みたいな表情でうーんと伸びをしながら、

「宅建の勉強」

「たっけん？」

「そういう資格があんだよ」

言うと、諒《りょう》はその本の表紙をこちらに見せ、

「正式名称は、宅地建物取引検定なー。この業界で働くなら、取っときたくて」

「へー、なるほど」

見せられた表紙には『宅建、最強攻略法！』とぶっとい文字で書かれている。

高校生だった頃、クラスの優等生が持っていた参考書に似たデザインだった。

「難しいの？」

「あー、まあまあな」

「車の免許みたいな感じ？」

「いや、あれよりは合格率低いかな。確か15%とかそんなんだったと思う」

「え、結構むずいじゃん」

言いながら、わたしは諒《りょう》の隣に座り参考書の中身を見せてもらう。

そこに書かれていたのは……見たこともない専門用語の羅列だった。ちょっと本気を出して読もうとしてみたけれど、難しすぎて数行で目がチカチカしてきた。

次のページに載せられていた選択問題にいたっては、解答の選択肢の中に意味がわかるものが一つもなかった。

「確かにむずいな。けど、今の会社すげえよくしてくれるからよー」

当たり前みたいな顔で、諒《りょう》はポリポリと頰をかいている。

「ドヤされまくって凹《へこ》むことも多いんだけど。でも、少しでも恩返ししたくて」

「へえ。まあそっか、なら一個くらい、資格取っとくのもありかもね……」

「や、一個じゃなくて、他にも取ろうと思ってる」

「……そうなの？」

「おう。これに受かったら、管理業務主任者とか、マンション管理士とかも取る。最終的には不動産鑑定士までいきてえなー。日本で八千人くらいしか持ってないらしいんだけど、それが不動産で最強の資格だからよ」

「へえ……」

そこまでやるんだ。

気付いてなかったけど、そこまで今の仕事に本気だったんだ。

「もしかして諒《りょう》、不動産業前からやりたかったとか？」

そんな風に、質問を重ねる。

「地元にいたときから憧れだったとか、そういうの？」

「え？　いや、そうでもねえけど」

「じゃあ、いつか地主になって不労所得だーとか、がっぽがっぽ稼いでやるぜーとか、そんな感じ？」

「やー、そこまで考えてもねーわ」

言うと、明るい顔で諒《りょう》は笑い、

「まあ、儲《もう》かるに越したことはねーけどな！　もっと良《い》い家住みてーし。うちの実家、親父《おやじ》が怪我《けが》で漁師辞めちまったから、仕送りもしねーとだし。でも、この業界入ったのは偶然だよ。優太《ゆうた》の進学が決まって、じゃあ俺も東京行くかーってなって。たまたま受かったのが、今の会社だったってだけ」

「なのに、そんなに頑張るんだ」

やっぱり、上手《うま》く嚙《か》み合《あ》わない。

なんとなく、諒《りょう》はシンプルな損得勘定で動いていそうなイメージがあった。

前から夢だった、とか。儲《もう》けたい、とか。

そういう理由があるときに頑張るタイプなんだろうと思っていたし、資格を取るのもそのためなんだと思っていた。

なのに、そういうわけでもない。なら、一体何が今の諒《りょう》を動かしているんだろう。

こんなにも難しそうな参考書に向かわせているんだろう。

「あー、んー……そうなあ。あんま理由は、考えたことなかったけど……」

畳に後ろ手に手をつき、諒《りょう》は考える顔になる。

「何だろ、曖昧な言い方になっちまうんだけど。んー……色んな偶然を、大事にしたいから、とか？」

「……偶然？」

「思い返せば、大体全部偶然だったんだよ。俺の人生の、大事なこと」

少し視線を落とし、諒《りょう》は思い出す表情になる。

セットされていない短めの髪が、なんだか少年っぽく見える。

「秋《あき》がふれるを拾ってきたことも。それをきっかけに友達になったことも。優太《ゆうた》が東京に行くのを決めたのだって俺から見りゃ偶然だよなー。今の会社に受かったのもそう。本当は、ＩＴ業界でも、メーカーでも、飲食でも、農業とか林業とかでもおかしくなかったんだと思う」

うん、と、声に出さずにうなずく。

頭の中で、それぞれの業界に勤める諒《りょう》の姿を想像する。

「でも、現実に受かったのは不動産会社で、その未来が今なんだよな。おかげでこの家を借りられて、樹里《じゅり》と奈南《なな》ちゃんも一緒に住むことになって……」

確かに、諒《りょう》の言う通りだ。

諒《りょう》の就活は、偶然の内定で終わった。

そこに、別に特別な因果も何もない。本当にたまたまだ。

けれど、だからこそ諒《りょう》はここにいる。わたしもここにいる。

「だから、んー、なんつーか。俺の人生、偶然の出会いでできてんだなーって。一つ一つはありふれたことだろうし、取るにたらねえんだろうけど。でも確かに、それが俺を作ってくれた、みたいな。だから」

と、諒《りょう》がこちらを向く。

大人みたいにも子供みたいにも見える顔で、ニカッと笑う。

「そういう偶然、大事にしてーんだと思う」

宝物を自慢するみたいに、諒《りょう》は言った。

「俺をここに運んでくれた、そういう『たまたま』をな。だからまあ、やれる範囲で頑張っとくかーって」

「なるほどね……」

「……やっべ、俺なんか良《い》いこと言ってね？　名言、出ちゃったんじゃね？」

「あはは、そうだね……」

すぐには感想を言えなくて、ひとまずそう言って笑い返した。

沢山のことが、なんだか頭をグルグル回っていた。

諒《りょう》のイメージ。彼の言葉。偶然や、大事にしたいこと。

「てか何より、今の会社待遇良《い》いしな」

イタズラな表情で、諒《りょう》は続ける。

「このご時世、なかなかねーよ。ここまでしてくれる会社」

「あはは、それ大事だよねマジで」

「おう。だから、上司きびしーししんどいこともあるけど、許してやるかって」

「いや、何目線の発言よそれ」

いつも通りの軽口に、二人で笑い合う。

言葉を交わしながら――わたしは少しずつ、自分がまた間違えていたことに気付く。

諒《りょう》を、単純な男なんだと思っていた。

深く考えることもなく、感性の解像度も低い。

体育会系で兄貴肌の直情的な男、そう思っていた。

けれど――人の気持ちなんて、わからない。

諒《りょう》はそんな風に見える裏側で、もっと沢山のことを感じていた。考えていた。

思えば、わたしたちをここに住まわせてくれたのも「偶然」を大事にするからなんだろう。

たまたま出会ったわたしたちと、諒《りょう》、優太《ゆうた》くん、秋《あき》くん。

そんな関係性で「居候《いそうろう》させて」なんてあまりにも勝手なお願いだったはずだ。

それを了承してくれたのは、諒《りょう》が偶然の出会いを大事にしていたから。

「常識」や「雰囲気」や「正しいこと」ではなく、彼の中にある価値観に従っていたから。

だから……認めざるをえない。

わたしは、わたし自身のモットーを忘れかけていた。

諒《りょう》の気持ちを、わかったつもりになっていた。

心の中で、反省する。秋《あき》くんに「みんなちがって、みんないい」なんて言っておきながら、それを実践できていなかった。

そして、反省と同時に……懐《なつ》かしいわくわく感を覚えている自分にも気付く。

この感覚には、覚えがある。

あれはそう、奈南《なな》にアパレル業界で働きたいと打ち明けられたあの日。

この気弱そうな女の子の中に、はっきりとした意志と希望がある。

それを知ったときと、同じ種類のわくわく。

目の前にいるこの諒《りょう》の中に、わたしの知らない世界がある——。

「……いいね、諒《りょう》」

気付けば、そんな風に口走っていた。

「そういう人間の芯のあるやつ、好きだよ。わたし」

「おー、告られた」

軽い口調で言って、諒《りょう》は宅建の参考書に視線を戻した。

「いきなりだなー、心の準備できてなかったわ」

「ありがたく思ってよね、こんな良《い》い女に告られたんだから」

「ほんとな。気が強いけどそこがまた良《い》いんだよな、樹里《じゅり》は」

「付き合ったら、意外とつくすタイプだしね」

「マジ？　全然そう見えねーわ」

諒《りょう》はテキストの、ずらっと並んだ文字列を目で追いながら、

「じゃあ、付き合ってやってもいいぜ？　この、将来の不動産王である俺がよ」

「さっき、そこまで野望ないって言ってたのに」

明らかに冗談のその台詞《せりふ》に、わたしも一応突っ込んでおく。

けれど、一度小さく息を吐き、それから少し考えて、

「付き合おうか、マジで」

シンプルに、そう言った。

「……は？」

諒《りょう》がこっちを向いて固まる。

その表情が、驚きと困惑で硬直している。

そんな彼に、

「本当に付き合ってみない？　わたしはもう一撃、そんな言葉を続けた。

わたしたち」

なんだか——そういう関係が、ありな気がしていた。

正直に言って、恋をしているわけではない。

諒《りょう》に対して恋愛感情があるとか、異性として好きな気持ちがはっきりあるわけではない。少なくとも、今の段階では。

それでも、もっと知りたいと、ごく自然に思っていた。

知ることで、幸せになれる確信がある。

「え、お、おう……！」

思いっきり動揺したままの表情で。

あからさまにうわずった声で、諒《りょう》は何度もうなずいている。

「つ、付き合うか……樹里《じゅり》がいいなら、そう言うなら……付き合うか！」

「うん」

だから、彼にとっての偶然になりたい。

今、思いもよらない形で、彼の想像しなかった形で、距離を詰めてみたい。

そう思った――。

「よろしくね、諒《りょう》！」


そうして、わたしと諒《りょう》の新しい関係が始まった。

最新の、予想外の偶然が生まれた。

やっぱり、人の気持ちってわからない。他人だけじゃなくて、自分の気持ちだって。

それがいつ、どんな風にどう転がっていくのかだって。

けれど――、

＊

――その日。

わたしと奈南《なな》は、秋《あき》くんのバイト先『ＢＡＲ　とこしえの椅子』に向かっていた。

「新しいオリジナルカクテルの試飲会だって」

都電に揺られながら、座席に座った奈南《なな》は上機嫌だった。

「楽しみだねえ」

「秋《あき》くんほんと頑張ってるよね。こないだも、家でも練習してたし」

シェイカー、というのは、ああ見えてなかなか扱いが難しいものらしい。

飲み物に空気を含ませつつ、効率よく氷で冷やさなきゃいけないそうだ。

練習用にお米を入れたシェイカーを振る秋《あき》くんの顔は真剣で、えらいなーと心底感心してしまったものだった。

思えば、同居中のメンズはみんな頑張っている。

諒《りょう》は宅建を、優太《ゆうた》くんはファッションを、秋《あき》くんはバーテンダーを。

色々思うところもある三人だけど、そういう部分は尊敬できるなーなんて、わたしは素直に思うのだった。

けれど、

「……樹里《じゅり》ちゃんと秋《あき》くんってさ、なーんか気が合ってる感じだよね」

「は？」

思わぬ台詞《せりふ》に、目の前に腰掛ける奈南《なな》に視線を下ろした。

気が合ってる……？　わたしと秋《あき》くんが？

「……あー、お互い異性として見てないからじゃん？」

確かに、最近秋《あき》くんと仲良くなってきた気はする。

彼の頑張りを見て見え方が変わってきたのもあるし、諒《りょう》との関係の変化の影響もある。

そう言えば最近秋《あき》くん、静岡のレストランのスカウトを受けたらしい。

その話を聞いたときには、素直にわたしもうれしかった。祝福もした。秋《あき》くんマジ才能あるもんね、そういうチャンスがあって当然だと思う。

けれどそんな風に思えるのは、変にお互い気負っていないからだ。

彼のことが気になっている奈南《なな》が、心配するようなことじゃない。

「……ふーん」

にもかかわらず、思うところありげな奈南《なな》の声。

内心、納得はいかないらしい。

「ちょっとやめてよ、秋《あき》くんは弟とかそんな感じだし」

そう、弟だ。そういう感覚に近い。

最初に小さく言い合いになったところからそうだし、最近の関係。日常の細かい話をできるところも、家族に近いと思う。

この間なんて、星がきれいだなんてラインをしてしまった。こういう話は、彼氏である諒《りょう》とはしないだろうなーと思う。

……そうだ、諒《りょう》の件。付き合い始めたことを、奈南《なな》にも伝えておこう。

なんとなくタイミングを計っていたけれど、このあと五人全員が集まるわけで。

奈南《なな》には早めに知っておいてもらいたい。

「それ以前にわたしは……」

けれど、そこまで言った——わたしの視界。

そこに、ある男が映り込んだ気がした。

長身の、フードを被《かぶ》った怪しい男。

奈南《なな》をストーカーしている、あいつの姿が——。

弾《はじ》かれるように、そちらに視線をやる。

混み合っている車両の中、男を目で探す。

それでも、そこに不審な姿は見えなくて。普通の通勤通学客たちばかりに見えて……。

……勘違い、か。

ふっと息を吐き、わたしは胸をなで下ろした。

どうやら、わたしの気にしすぎだったらしい。

奈南《なな》といるときにはいつもうっすらと警戒しているから、ちょっと過敏になってしまっていたのかもしれない。

「何？」

わたしの様子に気付いた奈南《なな》が、首を傾《かし》げる。

「……ううん、ごめん」

少し考えてから、奈南《なな》を心配させないようわたしは笑ってみせる。

「何か外に、変な看板見えてさ」

「何それー」

「へへ〜」

そんな風に笑い合いながら、視線を外に戻す。

そして……あ、諒《りょう》の件。付き合ってるの言い逃したと、わたしは今更気付いたのだった。

＊

目的地である『ＢＡＲ　とこしえの椅子』に着き。

扉を開けたところで、事件は起きた。

「こんばん——」

「——サープラーイズ！」

店内に、諒《りょう》の声が響いた。

隣の奈南《なな》が、その場に固まっている。

見れば、店内。カウンターの上にはケーキが置かれていて。

そして、その向かいで……小さな花束を持っている優太《ゆうた》くん。

「……何これ？」

思わず、ぽかんとしながら尋ねてしまった。

「サプライズって、何の……？」

奈南《なな》の誕生日も、わたしの誕生日もまだ先のはずだ。祝うにはさすがに早すぎる。

じゃあ、同居開始から〇日、とか？　いや、そういうことをやるやつらでもないと思う。

マジで、どういうこと……？

ぽかんとするわたしに、なぜか諒《りょう》は得意げな顔で、

「何って、そりゃもちろん――」

「――ごめんね！　諒《りょう》のやつが勝手に……」

諒《りょう》の台詞《せりふ》に割り込む優太《ゆうた》くん。

彼はうれし恥ずかし、みたいな顔で髪をかきながら、

「こういうのいらないって言ったんだけど……」

なんだ。何なんだ。未《いま》だに事情がよくわからない。

けれど――そこで、わたしは気が付いた。

隣の奈南《なな》が、完全に硬直していること。その目が丸く見開かれていること。

これは、悪い予感がする。

何かが思いっきり食い違っている気配を感じる。

わたしは一歩前に出ながら、

「ちょっと待って、ほんとに話が見えないんだけど」

「いやだから」

と、諒《りょう》はもう一度声を上げ、優太《ゆうた》くんと奈南《なな》を交互に見ると、

「二人はまあ、もうそういう関係におなりに……」

そこまで聞いて、カウンターの上のケーキが目に入った。

飾られているチョコレートのプレート。

そこに書かれている、『ゆうた♡なな』の文字――。


「――はあ⁉」


奈南《なな》が――声を上げた。

これまでの長い年月で、一度も聞いたことのない焦《あせ》りの声――。

「何それ！　何言ったの、優太《ゆうた》くん⁉」

「えっと……あ、ごめん、俺……」

身を乗り出す奈南《なな》の剣幕に、優太《ゆうた》くんがおろおろする。

嫌な予感は、際限なく膨らんでいく。今にも破裂しそうに張り詰めていく。

そして、

「いやいや、だって」

諒《りょう》が、酷《ひど》く不満そうな声を上げ、

「――キスしたんだろ⁉」

――その台詞《せりふ》で、弾《はじ》けた。

隣に立つ奈南《なな》。その目に、見る見る涙が溜《た》まっていく。

反射的に、わたしの中に熱が宿った。

まだ、事情を全ては摑《つか》みきれない。ただわかるのは、何か行き違いがあったこと。

気持ちがもつれていること。そして、奈南《なな》が酷《ひど》く傷つけられたこと――。

「ちょっと！」

声を上げたのは、ほとんど無意識のうちにだった。

「何言ってんの！　デリカシーなさすぎでしょ⁉」

「デリカシー⁉」

諒《りょう》がテーブルをバンと叩《たた》く。

そして、激しい怒りを顔に浮かべ、

「キスしといて別に好きでもなんでもないって、どこのビッチだよ⁉」

――ビッチ。

親友に浴びせられたその罵倒に――頭がかっと熱くなった。

許せない。奈南《なな》にそんなことを言うなんて、彼氏であっても許せない。

けれど、すぐに気付いた。

諒《りょう》も……わたしと同じような気持ちなのかもしれない。

大事な友人、優太《ゆうた》くんにうれしいニュースがあった。こんな風にお祝いの場を用意した。

なのに、それが勘違いで。そのせいで優太《ゆうた》くんが傷つきそうで、そのことに怒りを覚えているのかも。

だから、次の言葉を呑《の》み込んでしまった、そんなわたしの横で、

「だって！」

それまで黙っていた奈南《なな》が、声を上げた。

必死さを露《あら》わに、奈南《なな》は喉を震わせて、

「だって優太《ゆうた》くん、すごく真剣だったから。断ったら傷つけちゃうって、悪いかなって思っ

て！　だから……」

ようやく、事情が見えてきた気がする。

優太《ゆうた》くんは、奈南《なな》に気があった。何かのきっかけで、キスしようとした。

奈南《なな》はそれを断れず、受け入れてしまった。

結果、優太《ゆうた》くんは自分たちが付き合っていると思い込み、それを諒《りょう》や秋《あき》くんにも伝え……こんなことになった。

「……はあ？」

「悪いから……？」

怒りを募らせる諒《りょう》と、傷ついた様子の優太《ゆうた》くん。

「もうやめて！」

奈南《なな》へのさらなる非難が始まりそうで、わたしは必死で言う。

「ていうか、小学生じゃないんだから――」

「――なんだよそれ」

ぼそ、っと。そんな声が響いた。

これまで黙っていた秋《あき》くん。

様子を見守っていた彼が、奈南《なな》が一番キスの件を知られたくなかっただろう彼が、手の平で顔を覆う。

そして――こんなことを言う。言ってしまう。

「どれだけ流されやすいんだよ。そりゃストーカーも寄ってくるよ……」

酷すぎる発言だった。

今回の件、奈南《なな》に落ち度がないとは言わない。

それでも、ストーカーを引き合いに出すのはあまりに酷すぎる。

それとこれとは全く無関係だ。そもそもどれだけ流されやすかろうと、ストーカーが寄ってきて良い道理はない。

何より――秋《あき》くん。

奈南《なな》が気になっている秋《あき》くんからの発言であることが、どうしようもなく残酷だった。

「ちょっと！　言って良いことと、悪いことが――」

わたしは抗議するけれど――奈南《なな》は、その場を駆け出した。

店の扉を開け、夜の街に飛び出してしまう。

「ちょっと奈南《なな》、待って！」

必死で呼びかけるけれど、奈南《なな》は振り返りもしない。

わたしはきっと店内に視線を戻し、

「あんたたち、最低！」

目の前の男どもに、はっきりとそう言った。

そうだ、最低だ。ちょっと見直していたのに。尊敬だってしかけていたのに。

奈南《なな》のこと、こんな風に傷つけるなんて。

そして、わたしはその勢いで秋《あき》くんに視線を向け、

「それに、あの子はね――」

言うべきではないのかもしれない、事実を叩《たた》きつけてしまう。

「――あんたのこと、いいなって思ってたんだよ！」

「……え？」

きょとんとしている秋《あき》くん。まさか、と言いたげな顔の優太《ゆうた》くん。

「な、おいそれって……」

と諒《りょう》が声を上げるけれど、今は奈南《なな》を一人にしてはおけない。

わたしも店の扉を開け、あの子のあとを追って駆け出した。

「待てよ、樹里《じゅり》！」

諒《りょう》の声が追いすがってきたけれど、わたしは振り向きもせず。

今はただ、街に消えた奈南《なな》の後ろ姿を探していた――。

―インターミッション―

【棘の気持ち】

―FURERU

自分の中に流れ込む感情、周囲の人々の気持ち。

それが徐々に刺々《とげとげ》しいものになってきたことには、ふれるも気が付いていた。

人と人をつなぎ続けてきた彼は、人間の感情を読み取ることができる。

だから、秋《あき》、諒《りょう》、優太《ゆうた》の三人。彼らの間に、ぽつぽつと生まれた反発する気持ちに、衝突の可能性が上がっていくことに――焦《あせ》りを覚え始めていた。

もちろん、『それ』に人間と同じような感情があるわけではない。

筋道立って明晰《めいせき》な自意識があるわけでもないし、ただ水が上から下に流れるように、風が森を吹き抜けるように、そこに存在するだけだ。

けれど、彼がそのとき感じた不都合。この状況を、好ましくないと判断する感覚。

それは、人間の感情に置き換えると、「焦《あせ》り」に近いものだった。

状況は、ずるずると悪化する。

火種はぽつぽつと炎を上げ、問題はあっという間に表面化して、

「――おい、飯出来たぞ！」

ある日を境に、優太《ゆうた》は部屋に籠もりがちになった。

一緒に暮らし始めたはずの奈南《なな》と樹里《じゅり》まで、ほとんど家に帰ってこなくなった。

「おーい！　早く出てこいよ！」

優太《ゆうた》の部屋の前、扉を叩《たた》き呼びかけているのは諒《りょう》だ。

彼は苛立《いらだ》ちと呆《あき》れを声に滲《にじ》ませながら、

「ったく、いつまでふてくされてんだよ！　空気悪くなんだろ⁉」

扉の向こうの優太《ゆうた》に追い打ちをかけた。

優太《ゆうた》の部屋の中、彼の心中で怒りがぶわっと膨らむ。

諒《りょう》の後ろで、秋《あき》が不安そうになりゆきを見守っている。

彼もある日を境に気持ちが落ち込むことが多くなり、仕事に出かけることも少しずつ減り始めていた。

全てが、転がり落ちるように悪化していた。

島を出てこの街にやってきた頃。あのときの期待が、まるで夢だったかのように。

そして、諒《りょう》がもう一度口を開き。

さらなる抗議の声を上げかけたところで、

「共同生活のルー――」

――扉が開いた。

固く閉ざされていた扉が開き、優太《ゆうた》が怒りの形相でそこに立っていた。

「うるさいな、静かにしてよ！」

「何だよその言い方！」

「一緒に住んでたって、プライベートは守られるべきでしょ！」

「そういう問題じゃねーだろ？」

「じゃあどんな問題なの！」

交わされる刺々《とげとげ》しい言葉たち。

ふれるの身体《からだ》に、負の感情が流れ込む。

怒り、苛立《いらだ》ち、自己嫌悪《けんお》。そして、ひときわ大きな悲しみ。

その感触に、ふれるはかつての経験を思い出す。

あれはまだ、秋《あき》たちに出会う前。

洞窟に閉じ込められるよりもさらに前の、島の漁師たちと暮らしていた頃のこと。

もう、何百年前のことになるだろう。

初めは、彼らの役に立つことができていた。

彼らはふれるを歓迎し、ふれるも彼らをつなぐことで安らぎを得ていた。

けれど、幸せはあっという間に崩れ去った。

きっかけは、とある春に不漁が続いたことだった。

小さな言い争いがあちこちで生まれ、諍《いさか》いがたえなくなった。

伝染病のように不和が広がり、お互いがお互いを嫌悪《けんお》するようになり、村は敵意に覆われていった。

そして、気付けばそれが、自分に向けられていた。

全てが、自分の仕業であるように受け止められた。

——似ている。

目の前で起きていることを見上げながら、ふれるは思う。

負の感情が連鎖的に広がる。この状況は、あの頃に似ている。

だとしたら、次に起こるのは。

このあと、生まれた敵意が向かう先は——。

ふれるの棘《とげ》がざわめく。その身体《からだ》の中に、「不安」に似た感覚が芽生える。

そして、そんなタイミングで、

「あ、ちょ……やめなよ、二人とも」

声を上げたのは、秋《あき》だった。

その言葉に、ふれるは救われたような気分になる。

自分を見つけてくれた秋《あき》。これまで一緒に過ごしてくれた、もう一度人といられると思わせてくれた秋《あき》。

秋《あき》がこんな状況を、覆《くつがえ》してくれるかもしれない。

以前と同じ流れになることを、防いでくれるかもしれない。

けれど、

「……秋《あき》はずいぶん上からだね」

優太《ゆうた》の怒りは、収まるどころか激しくなる一方だった。

怪訝《けげん》な表情になる秋《あき》に、

「それってさ、勝者の余裕ってやつ？」

優太《ゆうた》は酷《ひど》く卑屈な言葉を投げかける。

「え？」

「勝者？」

「おかしいと思ったんだよね」

諒《りょう》までぽかんとする中、優太《ゆうた》は感情を抑えられない。

「賑《にぎ》やかなの嫌いな秋《あき》が、自分の仕事場でパーティとかさ……気付いてたんじゃないの？　自分が奈南《なな》ちゃんに好かれてること。それで、俺を笑いものにしようとして……」

「は？　え……」

「何言ってんだよ、優太《ゆうた》」

どう考えても、荒唐無稽な勘ぐりだった。諒《りょう》の声さえ、なだめるようなものになる。

優太《ゆうた》自身、冷静になれば「ありえない」と一蹴できる被害妄想だったはず。

けれど、精神的な余裕が優太《ゆうた》には残されていなくて、

「諒《りょう》だってさ！　サプライズなんてわざわざ言い出して。嘲笑《あざわら》ってたんだろ！　二人して！」

「……」

「……」

秋《あき》と諒《りょう》は、黙り込む。

優太《ゆうた》が精神的に弱いところがあるのは、二人もわかっていた。

卑屈な側面があることだって、当然気付いていた。

けれど、それをこんな風にぶつけられるのは初めてで。

反射的に覚えたのは、まずは大きな戸惑いだった。

ついで、諒《りょう》は一拍遅れて怒りを覚え、

「……そんなこと、俺らが考えてるはずないのは――」

諒《りょう》が、優太《ゆうた》に手を伸ばす。その瞬間――ふれるは顔を上げる。

秋《あき》ですら、この言い争いを止められなかった。このままでは、関係は完全に破綻する。

だとしたら……今自分がするべきことは。

そして、諒《りょう》の筋肉質な手が優太《ゆうた》の腕を摑《つか》み、

「お前が一番！　わかってるだ……ろ？」

――気持ちが、伝わるはずだった。

諒《りょう》の手が、優太《ゆうた》にふれた。それで、お互いの本心が相手に届くはずだった。

けれど、

「……？」

「……」

伝わらない。

何も、気持ちが伝わってこない。

違和感に、諒《りょう》と優太《ゆうた》が目を見開く。その様子に、秋《あき》も怪訝《けげん》そうに眉を寄せる。

これが――ふれるの力の『特性』だった。

ただ、気持ちを伝えるだけじゃない。

そこに加わった、ふれるの手心とも捉えられる一つの条件――。

それが今、諒《りょう》と優太《ゆうた》の間に発動していた。

これで、争いを抑えられると思った。

互いの心の棘が消え、共存できるとふれるは思った。

奇妙に張り詰める空気の中、ふいに諒《りょう》のスマホが鳴る。

「何だよ、こんなときに……」

苛立《いらだ》たしげに、諒《りょう》が通話に出る。

「樹里《じゅり》？　はい、どうした？　……え？」

見開かれる、諒《りょう》の目。

そして――、

「奈南《なな》ちゃんが……!?」

——状況は、さらに悪化の一途をたどる。

＊

——奈南《なな》が、ストーカーに遭遇し怪我《けが》をした。

——樹里《じゅり》が、家を出て行くことになった。

——秋《あき》、諒《りょう》、優太《ゆうた》の関係にまで、ひびが入り始めた。

その日から、誰も状況の悪化を止められなくなった。

秋《あき》も、諒《りょう》も、優太《ゆうた》も、そしてふれるも。

なすすべもなく、目の前の出来事に押し流されるばかりだった。

そして、樹里《じゅり》が家を去るその日。

秋《あき》が樹里《じゅり》に、気持ちを伝えたことをきっかけにして——、

「何しれっと俺の女口説いてんだよ」

「そんなの聞いてない！」

「しらばっくれんなよ！」

「じゃあなんで、俺が樹里《じゅり》への気持ち打ち明けたとき、何も言ってくれなかったんだよ！」

「何だそりゃ！　それこそ聞いた覚えねぇよ！」

言い争いが、起きていた。

秋《あき》と諒《りょう》の間で、樹里《じゅり》を巡る諍《いさか》いが起きていた。

それをじっと見つめているふれる。身体《からだ》に伝わる二人の強烈な怒り、嫌悪《けんお》感。

そして――、

「……ふれる、か」

――諒《りょう》のその台詞《せりふ》で。

彼がその名前を呼んで――感情が、ふれるに向き始める。

「あのとき俺は、お前に樹里《じゅり》のことを伝えた。お前から何も伝わってこないのは、驚いて固まってるもんだと――」

「――違う！」

秋《あき》が、必死の声で主張する。

「あのとき、俺は俺の気持ちを……」

「……そんなもんは、伝わってこなかった」

確かに、そういう機会があった。

ある日、ベランダにて。秋《あき》と諒《りょう》が、気持ちを伝え合ったはずの瞬間がかつてあった。

秋《あき》は、樹里《じゅり》への好意を諒《りょう》に伝えたはずだった。

諒《りょう》は、樹里《じゅり》と付き合い始めたことを秋《あき》に伝えたはずだった。

けれど――届いていなかった。

どういうわけだか、お互いの考えは、気持ちは、相手に伝わっていなかった。

それはなぜなのか。何が、秋《あき》と諒《りょう》の気持ちを阻害したのか。

「けど！」

「だから！」

諒《りょう》は一度、大きな声を上げると、ふれるを見る。

続いて秋《あき》も、恐る恐る視線をそちらに向け、

「――ふれるがやったってことだろ」

二人の目が――今、ふれるを向いていた。

その通りだった。

気持ちが伝わるのをせき止めていたのは、ふれる自身だった。

自分の生きる人の間が、穏やかであって欲しかった。

身体《からだ》に流れ込む彼らの感情が、平和で心地好《ここちよ》いものであって欲しかった。

だから、ふれるは人と人の心をつないだ。全てを伝えてしまうのではなく、争いの種になる感情を――反発する気持ちを、取り去った形で。

そして――今、ふれるは理解していた。

この不和が、その手心をきっかけにして生まれたことを。

反発する気持ちを取り去ったことで、すれ違いが生まれたことを——。

確かに、手心はほとんどの場合で上手《うま》く機能していた。

不漁に喘《あえ》ぎ、不信の広がった村をもう一度団結させることができた。

暴力的で友達のいなかった秋《あき》に、諒《りょう》と優太《ゆうた》という友達を作らせることができた。

それでも、

「別に、反発する気持ちとかじゃ……」

「でもまあ、火種にはなるよな。同じ女が好き、なんてのは」

「そん、な……」

それが強烈な嫌悪《けんお》感を、敵意を生み出してしまっている。

秋《あき》も、諒《りょう》も、そのことに苛立《いらだ》ちを覚えている。

そして、

「え、おい!!　逃げんのかよ！」

秋《あき》が部屋を飛び出す。

「もうよくわかんないけど、わたしも行くね」

樹里《じゅり》も、家を去ってしまう。

諒《りょう》と二人、部屋に残されて、ふれるははっきりと感じ取った。

あのときと、同じことが起こった。

一度はみんなと仲良くなれた。こんな幸せがずっと続くんだと思った。
けれど、あっという間に満ち足りた時間は終わった。
そして——怒りが、敵意が自分に向けられつつある。

——だとしたら、自分は。
また同じことになるなら、自分は——。
ふれるの身体《からだ》に満ちる、感情のようなもの。
それは膨らんで、どうしようもなく抑えられないものになって。
だからふれるは——秋《あき》を、諒《りょう》を、優太《ゆうた》を。
一人ずつ、自分の世界に搦《から》め捕り始めた——。

第五話

【諒、回想、渚にて】

FURERU

気付けば、俺たちはいつもの海岸にいた。
地元の間振島。何かある度に三人でやってきた海岸。
そこに、俺、秋《あき》、優太《ゆうた》の三人で立っていた。
いや──正確には、いつもの海岸じゃねえ。
奈南《なな》ちゃんがストーカーに怪我《けが》させられて、樹里《じゅり》が家を出て行って。
秋《あき》とも優太《ゆうた》とも大げんかして、何もかもがぐちゃぐちゃになって。
そんなときに連れてこられた──ふれるの中の世界？
難しいことはわかんねえけど、まあそういう感じのところだと思う。
そこを三人でバタバタ駆けずり回って、気付けばここに立ってた。
──もう、完全にこの三人は終わりだ。
そう思ってた。
今まで、お互いに感じ取れなかった黒い心。
ふれるが隠してくれていたそれに、直《じか》にふれちまった。
こいつらのクソみたいな一面を、俺は知っちまった。
はっきり言う、俺はマジでキレている。
秋《あき》と優太《ゆうた》に。その勝手さとか卑屈さとか弱さとか不器用さに。
何なんだよこいつら。

秋《あき》は大事なこと全然言ってくれねーし。優太《ゆうた》はヘラってわけわかんねーこと言うしよ。

こんな風になって今更仲直りなんて、絶対に無理だ。

絶交だ絶交！　おしまいだ！

本気でそう思っていた。

けれど……。

靴越しの砂の感触とか、風に混じった潮の匂いとか、遠くにずっと続いてる水平線とか。

そういうのはめちゃくちゃリアルで。

本気で地元に帰ってきたような気分にもなって、

「……久しぶりだね」

「うん」

「まあ、落ちつく」

なんだか、怒っていた気持ちがどっかに吹き飛んじまった。

大声を上げる気にも、気持ちを秋《あき》や優太《ゆうた》にぶつける気にもならなかった。

ここは、俺たち三人にとって大切な場所だ。

原点、って呼べるようなここに来て、俺の頭にはそういう感情よりも、ここであった色んなことが出来事がゆらゆら浮かんでは消えていた。

「……いつも三人で、何かあったらここに来たね」

同じような気持ちだったのか、優太《ゆうた》がそんな風に言うもんだから、
「だなー、ほんと。いっつもな……」
全員が、昔を思い出すように黙り込む。
波の音だけが、静かに俺たちの耳に届く。
間振島で一番長い海岸、なんて言われているその砂浜を見渡すと——なんだろな。
なんだか、あの頃の俺らがまだそこで、遊んでいるような気がした。
例えばそう。俺たち三人が友達になったあの日。
秋《あき》が、ふれるを連れて帰ってきたあの日の俺たちが——。

＊

——初めて気持ちがつながったときのことを、俺ははっきり覚えてる。
あれはそう、三人が通っている学童で。
秋《あき》がふれるを拾ってきて、それがきっかけで秋《あき》VS俺と優太《ゆうた》のケンカになったんだ。
まずは、当時乱暴者として敬遠されていた秋《あき》が俺に手を出した。
もちろん、俺はそれに反撃。そこに優太《ゆうた》が止めに入って、三つ巴《みつどもえ》になった。
「ぬぅ!! ぐっ! 何すんだよ!!」

「痛い！　メガネやめてよ～」

まあ、ガキだったから実際は大したケンカじゃねえ。ただ、お互いにつかみ合うくらいのことだ。殴り合いとか、本気の怪我《けが》をする感じでもなかった。

けど、それを見ていたふれる。

その姿が、急にふくれあがって、そこで意識が途切れて――。

気付いたら、俺たちはそこにいた。

薄暗い世界、大きな鳥居の前。

つまり――ふれるの中の世界に三人だけでぽつんと立っていた。

あれは……今思うと、ケンカを止めたかったんだろうな。

ふれるが俺たちを仲直りさせようとして、自分の世界へ連れていった。

そして、気持ちをつなげようとしてくれたんだ。

だからそこで初めて、俺たちはお互いが考えていることを知った。

マジで、忘れられない強烈な体験だった。


『――なんだここ』『何が起きてんだこれ』

『わけわかんない』『怖い』『さっきのハリネズミのせい？』

『どうすればいいんだ』

全員の感情が、一緒くたになって俺の中に流れ込んでくる。

それが何なのか、理解するのにちょっとだけ時間がかかった。

けれど……なんでだろうな。なんだか、そうとわかると妙にすんなり受け入れられた。

疑ったり、自分頭おかしくなったのかなとか思わず。本当の、二人の気持ちだって理解できた。


『これ、俺たちの気持ち、か』

『みたいだね……』

『しゃべらなくていいのは、便利だな』

『でも、バレたくないこともバレるかも』

『それはやだな』『確かにやだ』

『でも』

秋《あき》が、自然にそう考えていた。

『ちょっとうれしい』

そう伝わると同時に、ぶっきらぼうだった秋《あき》のほっぺたが真っ赤になった。

『ここで一人だったら、心細かった』

『二人がいてよかった』

「──ち、ちが！」

慌てた様子で、秋《あき》は言う。

「俺は別に、うれしくなんか……」

けれど、秋《あき》の本音は伝わってくる。

『嘘《うそ》だ』

『本当にうれしい、ほっとしてる』

思わず、笑ってしまった。

マジで、隠したい本心が丸わかりだ。

てことは、俺や優太《ゆうた》が思ってることも全部バレるわけで、

『いや、俺も同感』
『ね、ほんと』
『ここで一人はさすがにきちーわ』
『僕だったら、泣いちゃってたかも……』
見れば、優太《ゆうた》も困ったように笑っていた。
『こんな風に、気持ちを伝えられるなら』
秋《あき》の気持ちが、もう一度俺の中に流れ込んでくる。
『言葉なしで、考えてることをわかってもらえるなら』
『仲良くなれるのかも』
『ケンカなんて、しないですむのかも』
『確かに』
『ほんとだね』

三人で、うなずき合った。
初めて、気持ちが一つになった瞬間だった。
『でもこれ、もしかして夢なのかな?』『……あー!　そうかもしんねえ!』
『そうとしか、思えないかも』『気持ちが全部伝わる、なんてね……』
『えー、つまんねーなー』
『目が覚めたら、全部元通りなのかな』『それは悲しい』
そして──誰からともなく。
心の底から、こう思った。
『──ずっとこうして、つながれていたらいいのに』
『──このままでいられたらいいのに』
『──心で会話できたら良《い》いのに』
多分、それが俺たちから、ふれるへの回答になったんだろう。

俺たちは、そのつながりを欲しがった。ずっとこのままでいたいと思った。
そして、気付けば、
「……え、あれ」
「こ、ここは……」
俺たちは、いつもの学童に戻ってきていた。
手をつないだまま、さっきまでいた冷蔵庫の前にいる。
見慣れた景色。周りで遊んでいる同じ学童の子供たち。
そんな中、ついさっきまで見ていた景色は今となっては幻みたいで。
気持ちがつながったなんて、おとぎ話でも聞かされていたみたいで——。
俺は一人、ふっと息を吐いた。
そして——、
『……夢、だったのかな』
『気持ちが伝わるなんて』
『ありえないよな、そんなこと』
——手の平から、そんな気持ちが流れ込んできた。

三人で、顔を見合わせた。

『おいおい……』

『夢じゃ、なかったの⁉』

『じゃああれは、全部本当に起きたこと……？』

『そうっぽいな……』

そこまで考えたところで、遠くの街頭スピーカーからチャイムが鳴った。

島内放送で、小学生は帰宅する時間だと告げられる。

今日の学童は終わりだ。俺たちも、家に帰らなきゃいけない。

「……」

「……」

「……」

俺たちは顔を見合わせ。

急いで帰る準備をすると、もう一度三人で手をつないで学童を出た。

そして、俺たちは心の中で延々会話をしながら帰った。

好きなアニメのこと。動画サイトで見た流行の歌のこと。

クラスの女子の話や、学童の先生の話。

──海岸沿いの道を歩きながら。水平線の向こうに日が沈むのを眺めながら。

話題はいつまで経《た》っても、尽きることはなかった──。

それが──全部の始まりだった。

＊

それから、いくつもの思い出がこの海岸で生まれた。

ぱっと思い浮かぶやつだけでも、両手じゃ数え切れないほど。

人生のターニングポイントみたいなのを、迎えたことさえあった。

例えば……強烈に覚えてるのは、中二の冬の事件だな。

人呼んで、祖父江《そぶえ》諒《りょう》、クラスの女子に玉砕事件だ。

その名の通り、同級生にマジ惚《ぼ》れしていた十四歳の俺は、ある日告白を決意した。

まだまだガキだったけれど、俺なりに頑張って台詞《せりふ》を考え出し、ちょっとでも良《い》い雰囲気で告りたくてこの海岸にお相手を呼び出した。

ここまでは、まあありがちな青春エピソードだろう。

こういう経験をしたことがあるやつは、そうレアじゃあないはずだ。

ただ、告白の当日。

「ずっと前から、好きでした！」

呼び出したその子にそう告げた俺に、

「よければ、俺と付き合ってください！」

「……え、えっと……」

女の子は、謎の困り顔をしていた。

「そ、そっか……うーん……」

口ごもる彼女に、すがるような気持ちで顔を上げる。

「だ、ダメか……？」

「他に、好きなやつがいるとか……？」

「や、そ、そうじゃないんだけど……」

言うと、彼女は俺の背後を指差し、

「あ、あの二人は……なんでいるの？」

その視線の先。

数十メートル向こうには、真面目な顔でこちらを見守る男子二人がいる。

秋《あき》と優太《ゆうた》だ。

そう、なんと俺は、あいつらに同伴してもらっていた。

人生初の告白という大舞台に、二人にも付き添ってもらっていた。

いや、わかる。

今になってみれば、それがいかにアホな行為かよくわかる。

相手の女子からしてみれば、マジで迷惑だ。

罰ゲームで告白してるのかって思うだろうし、本気で好きなのか不安にもなるだろう。

ただ、当時の俺にとっては自然な選択だったんだ。

その女子に恋してるのは当然あいつらにも筒抜けだったし、めちゃくちゃ相談にも乗ってもらっていた。関係の発展だってリアルタイムで伝わっていた。

告白のしかたから時間帯、場所選びも当然相談済み。あいつらも、本気で応援してくれていた。立ち会ってもらって当たり前とさえ思っていた。

だから、

「そりゃもちろん、友達だからよ」

胸を張って、俺はその女の子に答えた。

「あいつらにも、俺の大一番を見届けて欲しくてな！」

むしろ、好印象を抱かれると信じていた。

祖父江《そぶえ》くん、友達思いなんだね！　素敵！　みたいな。

けれど実際は、

「ふーん……」

低い声で、そう言う女の子。明らかにどん引きした表情……。

「……わたしより、友達の方を大事にした方がいいんじゃない？」

「えっ⁉」

「告白の場に連れてくるくらい大事ならさ、わたしなんかじゃなくてお友達の方を大事にしなよ。じゃあね」

それだけ言うと、彼女は足早にその場を去ってしまった。

……フラれた！　なんか、あっさりフラれた！

ガクリとうなだれる俺。

そんな俺の元に、秋《あき》と優太《ゆうた》はすごい勢いで駆け寄ってきてくれる。

「断、られたの……⁉」

「嘘《うそ》だろ、信じられない……」

「ハハハ、ありがとな……」

そう言ってくれる二人がありがたくて、あの子の言う通り、大事にしようと改めて思えて。

俺たちは飲み物を買いに行くと、浜に戻ってきて盛大な残念会を開いたのだった。

＊

三人で本気の殴り合いをしたのは、中三の頃だったか。

理由は、もはや覚えていない。

多分、マジで些細《ささい》なことだったんだと思う。

けれど、俺と秋《あき》が言い合いを始め、あっという間にヒートアップ。

この海岸で、本気の殴り合いを始めた。

お互いの胸ぐらを摑《つか》んで、拳を頰に打ち込み合う。

そんな本気のケンカは、ふれると出会ったあの日以来。

逆に言えば、それ以降一回もしていないほどマジのやつだった。

当然、優太《ゆうた》が慌てて止めに入った。

これも、ふれるに出会ったときと同じだな。

けれど、俺も秋《あき》もそんなことで勢いを止められなくて、またもや三つ巴《みつどもえ》の殴り合いみたいになった。

そして、最終的にお互い疲れ果てて、なんかわだかまりが解消した感じになり。

「なかなかやるじゃねーか、おめえ」的な、少年漫画的なケンカの終わりを迎えた。

結局、原因もそれで解消する程度のことだったんだろう。

海岸でぐったり寝そべる俺たち三人の周りを、ふれるがうれしそうに飛び跳ねていたのを覚えている。


将来の話も、この海で繰り返ししてきた。

最初に、優太《ゆうた》が俺たちに打ち明けてくれた。

「──東京の、清水服飾学院に入ろうと思ってる！」

「──日本最高の、服飾専門学校なんだよ」

「──そこで勉強して、デザイナーになりたい。自分のブランドを立ち上げたいんだ！」

優太《ゆうた》がファッションを好きなのは、もちろん知っていた。

そもそも、中学までぽっちゃりだった優太《ゆうた》は「細身でビッグシルエットを着たい」とか言いつつダイエットを開始。

高校に入る頃には、見違えるほどにスリムな身体《からだ》になっていた。

私服だって、少ないバイト代をやりくりして尖《とが》った見た目の服を着るようになっていた。

けれど、東京に行ってファッションの勉強ってのは初耳だった。

「へー、すげえな……」

「でも、東京行くのってお金かかるんじゃ？」

「そう。だから卒業後はしばらく島に残って、お金稼ごうかなって」

真面目な顔でそう言うと、優太《ゆうた》は意外にも堅実なプランを俺らに教えてくれた。

「正直、今の俺が一発で清水服飾学院に受かるとも思えないし。高校卒業したら、二年間かけてお金を貯《た》めて、服の勉強もする。で、貯《た》めた費用と蓄えた知識で清水服飾学院に受かって、東京に行く！」

ぶっちゃけ、マジでその話には驚いた。

並んで砂浜に腰を下ろし、

「そっか」

としか、答えることができなかった。

優太《ゆうた》と言えば、俺や秋《あき》に比べると控えめだ。

こだわりは強いやつだったけど、そんな大胆なことを考えているなんて、全く気付いていなかった。ふれるを通じてさえ、知るチャンスもなかった。

けど……でも、それもそのはず。

なんとなく、俺たちは未来のことを三人で考えるのを、避けていたんだと思う。

いつか俺たちが、バラバラになっちまいそうな気がして。

この三人組が離れるのが怖くて、先のことをイメージするのを無意識で避けていた。

けれど、優太《ゆうた》の話がきっかけになった。

俺も、東京で就職をしようと決意。

怪我《けが》をして働けない親父《おやじ》の分も、実家に仕送りをすることに決めた。

そのために、色々つてを探ったり就職事情を調べたりしながら、まずは学生の頃から手伝いをしていた港の市場で働かせてもらうことにした。

秋《あき》も同じような感じだ。

島でバイトをしながら、俺と優太《ゆうた》と同じタイミングで上京する。

仕事は向こうで探すことにして、まずは引越資金を貯《た》めるのに集中することになった。

そんな方針が決まって、

『じゃあ、一緒に住まねえ？』

その話題が出たのも、この海岸にいるときだった。


『俺、不動産会社から内定出たからよ。三人で住める家、格安のやつを探せそうなんだ』

『いいね、それ！』

『家賃が抑えられるのは、すごく助かるな』

話しているうちに、夢は膨らんでいく。
ドラマみたいな三人での暮らしに、妄想は限りなく広がっていく。
『共通の友達呼んだりしてさあ！』
『彼女できたら困るなー』
『毎日飲み会できるな』
『ふれるも、ふれるも連れていこう！』
――あの頃の俺らには、明るい未来だけが見えていた。
きっと、ケンカもある。困ることだってある。
それでも楽しい毎日が待っている、そう信じ切っていた。
そして今――終わりを前にして。
この三人の関係の結末を前にして、俺たちはここに、こんな風に戻ってきた――。

＊

「……三人になる前は」

秋《あき》のその声で、俺は意識を現在に戻す。

本物にしか見えない島の海と、目の前にいる秋《あき》、優太《ゆうた》。

秋《あき》は足下に視線を落として、

「俺は一人で、二人を見てた。うらやましかった」

秋《あき》と仲良くなる前。

確かに俺は、学校でも学童でも優太《ゆうた》と遊んでばかりだった。

性格もタイプも全然違うけど、なんか気が合ったんだ。幼稚園が同じで家も近くて、周りにもコンビだって認識されてたんじゃねーかな。

当時のことを思い出すように、秋《あき》は目を細め、

「うらやましかったから……願って、見つけちゃったんだ。俺が、ふれるを……。ズルしたんだ……」

秋《あき》が、俺の方を。俺と優太《ゆうた》の方を見る。

そして、意を決した様子で——、

「……ごめん、俺……」

秋《あき》のこんなとこを見るのは、初めてだった。

別に、強情なやつだったわけじゃあない。

謝るべきときには謝れるやつだ。

それでも、こんな風に心の底から謝ってるとこは、初めて見た気がする。

……でも、そうだな。

秋《あき》が、そんな風に言うってんなら。

この状況に責任を感じてんなら、俺だって話すべきことがある。

「……俺よ、秋《あき》のことかっこいいって思ってた」

怪訝《けげん》そうに、秋《あき》が顔を上げる。

「いつも一人でよ、でも全然へーきって顔して」

「そんでケンカ強くって」

優太《ゆうた》も、俺の言葉にそんな風に続く。

「ちょっと怖かったけど」

「まあ俺は、負ける気してなかったけど」

強がりながら、俺は思い出す。

秋《あき》が、俺たちをうらやんでいた頃のこと。

まだ俺たちがふれるに出会っていなくて、三人組にもなっていなかったあの頃。

ぶっちゃけ、当時からなんか秋《あき》は特別だった。

学校にも学童にも、同い年のやつはある程度いた。

それでも、あの頃俺は妙に秋《あき》のことが気にかかっていた。

同級生たちがひとりぼっちにならないよう友達と積極的につるむ中、秋《あき》は一人でいることが多かった。

一人で磯《いそ》に遊びに行ったり、本を読んだり、何をするでもなくぼーっとしていたり。

そんな姿が、ガキの頃の俺には大人びて、かっこよく見えていた。

もちろん、ただ憧れてただけじゃねえ。

当時の秋《あき》はマジで乱暴で、ちゃんと言葉で気持ちを伝えないくせに手を出すのが早くて。はっきり言って問題児だった。怖がってるやつも多かったし、大人も手を焼いていた。

それでも……なんでだろうな。

いつも視界のどこかに、秋《あき》がいた気がする。

少なくとも、そうなるくらいに当時の俺は秋《あき》を意識していた。

「ふれるがきっかけだけどさ」

優太《ゆうた》が、なんだか柔らかい声でそう言う。

「ふれるがいなくても、いつか友達になってたと思う。ズルしたのは俺もだよ、きっと。疑わないでいられるのって、すごく楽だったし」

「……ズルか」

言いながら、俺は自分の手を見る。

きっと、ふれるの糸がつながっている、三人が結びついているこの手。

確かに、優太《ゆうた》の言う通りだと思う。

俺もきっと、ズルをしてたんだな。楽だった、こいつらといるのは。

それは間違いなく、ふれるのおかげだ。

でも、

「確かにズルはしたけどよ」

俺は、改めてこれまでを思い出す。

頭に浮かぶ色んな出来事、だからこそ思うことがある。

「それだけでこんなに長いこと一緒にいられたか？」

「え？」

秋《あき》がこちらを向いた。

「だって、昔はケンカもしたじゃん。カッとして、すぐに手が出てよ」

言いながら、拳を手の平にパンと打ち合わせてみせる。

「……ま、すぐにお互いの心ん中がわかって萎えたけど」

「ふれるフィルター通してたんだもんね」

「でも、やっぱムカつくもんはムカついた」

「俺も二人のこと、いつもきれい事ばっかりって思ってた」

優太《ゆうた》がそう言って、やっぱり俺は確信する。

だよな、そうだよな。

普通に俺ら、お互いに腹が立つこともあったんだ。

ふれるがいたのは、確かに大きかったんだろうな。

でもそうじゃない普通の友達みたいに、気持ちなんてわからない他人みたいに、ムカつくこととか疑うこととか、そういうこともあったんだ。

実際三人で、この海で殴り合いをしたことだってあったんだし。

俺たちは——これまでだって『不和』ってやつを経験している。

ただ、相手のことを都合よく見てきただけ、ってわけじゃねえんだ。

「それでもさ、ずっと一緒にいたよな」

「うん、ずっと友達だった」

俺と優太《ゆうた》の台詞《せりふ》に、秋《あき》が目を丸くした。

「きっかけはズルだったかもしれねえけどな」

「それからもズルはいっぱいしてたけど……きっとそれだけでもなかったんじゃないかな」

むしろ、そっちが本体だった気がする。

微妙にずれていたところとか、考えていることの違いとか。

そういうのを抱えて三人で過ごした時間、それが俺たちの関係の、芯だった気さえする。

確かに、そういうものが俺たちにはあった。

だったら、十分じゃねえか。

俺たちは間違いなく、良《い》い友達だった。

かけがえのない、親友だった。

「――俺が、あのとき……」

遠い昔を思い出す顔で、秋《あき》はつぶやく。

「手を伸ばすべきだったのは……」

あんまりにも言葉足らずなその台詞《せりふ》。

それでも秋《あき》が言いたいことが、わかる気がした。

ふれるなしでも、理解できると本気で思えた。

そう、秋《あき》はあの日……本当は、俺たちに手を伸ばしたかったんだ。

「……俺と」

秋《あき》の声に熱が籠もる。

そして、酷《ひど》く苦しそうな表情で、絞り出すように秋《あき》は続ける。

「友達になってください……改めて、友達になってください……」

その言葉に、ぐっと唇を噛《か》んだ。

ああ……俺たち、やっとここにたどり着けたんだな。

本当に、当たり前の友達になることができるんだ。

マジで、めちゃくちゃ遠回りしちまったけど、普通の親友に——。

思わず泣きそうになる。

これが、俺たちの新しい答えだと思う。

ただ、だとしたら湿っぽいのはここまでだ。ここからは、俺たちらしくいきてえ！

俺は、短く優太《ゆうた》に視線を送ると、

「……そうまっすぐに言われると」

「やっぱ重いわ……」

「！」

秋《あき》がバっと顔を上げる。

そして、

「……なってくれないと殴る」

「怖ッ！」

「普通にやべえやつじゃん……」

そんな風に、軽い会話を交わして。

一瞬、短く間を置いて――俺たちは、笑い出した。

どうしても、止まらなかった。

大声で、腹を抱えて爆笑した。

久しぶりに、三人で本気で笑えた気がする。

むしろ、こんな気分なのは初めてかもしれない。

そんな風に、ひとしきり愉快な時間を過ごしてから、

「――ハァー……って、笑ってる場合じゃねえよな」

砂浜に腰を下ろし、俺は我に返る。

「そうだよ、ここから出られなかったらどうすんの」

そう、考えてみれば状況は全然変わってねえ。

仲直りはしたけれど、俺たちはふれるの中の世界に閉じ込められたまま。

ここから出られる方法は全く想像もつかない。

なのに、

「なんとかなるよ」

「……は？」

秋《あき》が、らしくもないことを言い出す。

「だって、俺たち三人が揃《そろ》えば最強だし」

「何だそりゃ」

「ほんと秋《あき》、テンションおかしくなってる」

「そうかも」

秋《あき》はそう言ってうなずく。

そして、心底うれしそうにはにかむ顔で、

「俺たちはとっくに——ふれるがいなくても、大丈夫だったってわかったから……」

優しい声で、そんな風に言った。

——その言葉が、多分引き金になった。

秋《あき》が言い終えると同時に——指先から糸が伸びた。

俺たちをつないでいただろう糸。

それがほとんど無尽蔵に、指から伸びていく——。

「え？」

「うわっ！」

「え、何これ⁉　き、キモッ！」

「どうなってんだ⁉」

思わず声を上げてしまった。

いや実際、マジでキモい光景だった。

自分の指先から糸がするする出てくる。結構グロいし、鳥肌も立ちそうになる。

けれど——俺は気が付いた。

ここは、ふれるの中の世界だ。

ふれるの心の内面を表していて、きっと俺たちの会話も考えも、全部ふれるに伝わっている。

そんな場所で、俺たちは一体何を話していた……？

「——見つけちゃったんだ。俺が、ふれるを……。ズルしたんだ……」

「——ふれるがいなくても、いつか友達になってたと思う」

「——確かにズルはしたけどよ。それだけでこんなに長いこと一緒にいられたか？」

「——俺たちはとっくに、ふれるがいなくても、大丈夫だったってわかったから……」

ふれるが、いなくても、いい。

そうとも取れる、会話をしていたんじゃないのか……？

だとしたら、ふれるはどう思ったのか。

どんな気持ちになったのか。
……俺たち、ふれるをめちゃくちゃに、傷つけたんじゃね？
けれど、そんな風に口にする前に――、

「……!?」

――俺の意識は、一瞬遠のく。
そして、気が付いたときには、
「……ここは！」
元の世界に、戻されていた。
俺がふれるの内面に連れていかれる直前。
何か飲もうとやってきた、家の冷蔵庫の前に。
見回すけれど……そこにいたはずの、ふれるの姿がない。
ふれるの中に行く前、確かに俺の前にいたはずなのに――。
「……ふれる！」
いてもたってもいられず、俺は駆け出した。
どこに行くって当てはない、何をすればいいかもわかんねえ。

でも、じっとなんてしていらんなかった。
靴を履き、家を飛び出す。
そして、敷地《しきち》を出て通りに出たところで、
「──諒《りょう》！」
向こうから、聞き慣れた声がした。
見れば、優太《ゆうた》だ。優太《ゆうた》がこっちに駆けてくるところだった。
異変には、お互い気付いていたらしい。
短く情報交換していると、
「──諒《りょう》！　優太《ゆうた》！」
秋《あき》が息を切らして戻ってくる。
ほんの少し前までふれるの世界で一緒にいた俺たち。
そこでようやく、本当の友達になれた三人。
それが今、現実世界で再会できた──。
冷静に考えれば、結構めでたい場面だったんだろう。
言いたいことも、伝えたいことも沢山あった。
ただ、今はそんなことしてる場合じゃない。
俺たちは、現状わかっていることを伝え合うと、

「ふれる……！」

駆け出した秋《あき》を追うようにして、ふれるを探し始めた――。

第六話

【ふれていたい】

FURERU

「──俺たちはとっくに、ふれるがいなくても、大丈夫だったってわかったから……」

秋《あき》の放ったその言葉。

それが、ふれるに大きな変化をもたらしていた。

そもそも、ふれるは特別な存在だ。

生き物であるとか気持ちがあるとか、そのような括《くく》りで捉えるべきではない。

ただ水が上から下に流れるように、風が森を吹き抜けるように、そこに存在するだけだ。

人間の道理に当てはめて考えるべきではない。

けれど──。

長年ずっと一緒にいた秋《あき》。

自分を、洞窟から連れ出してくれた秋《あき》。

そばによりそって、ふれてくれた大切な人間。

彼のそんな言葉を聞いて、ふれるの中に生まれたものは──間違いなく、人間にとっての『悲しみ』と同じものだった。

ふれるはまず、諒《りょう》と優太《ゆうた》を自分の世界から、思い出の海辺から追い出した。

彼らを現実世界に戻し、この場所に秋《あき》と二人だけになる。

「優太《ゆうた》？　諒《りょう》！　これは……なんだ？」

秋《あき》は一人砂浜に取り残され、辺りを見回している。

「ふれる……どうなってんだ……？」

事情が摑《つか》めない様子で、困惑している秋《あき》。

そんな彼の前で——ふれるはもう一度、生き物としての形を取った。

その世界を構成している、彼の糸。

それを紡《つむ》ぎ、見慣れた動物の形状になり、波間から姿を現す。

海面から上昇し、少しずつ空へ昇っていく——。

「……え？　ふれる？」

秋《あき》が、自分の存在に気が付いた。

「待って！　どこに行くんだよ！」

それでも、ふれるは上昇をやめない。

徐々に、秋《あき》との距離が開いていく。

そこで……秋《あき》も、ようやく自分がしたことに気が付いたらしい。

「……！　さっきのは違うんだ！」

目を見開き、慌てて申し開きを始める。

「ふれるがいらないって、ことじゃなくて——」

——けれど。

もう、その言葉は届かない。
ふれるは一度身体《からだ》から糸を激しく噴き出すと、急速に上昇を始め――。
――内面世界を、強制的に終了した。
秋《あき》もふれるも、弾《はじ》かれるように現実世界に帰還した。

＊

戻ってきた現実世界、東京。
秋《あき》、諒《りょう》、優太《ゆうた》と暮らした街。高田馬場《たかだのばば》の見慣れた通り。
内面世界を閉じたふれるは、一匹だけでそこにいた。
夕方の帰宅時間、行き交う沢山の人たち。
車道を無数の車が、ひしめき合うようにして走り抜けていく。
そんな景色を前にして。島とはずいぶん違う光景の中で。
気付けばふれるは――走り出していた。
酷《ひど》く混乱したまま、どうすればいいのかわからず街を全速力で駆け出していた。
電信柱を登る。電線を伝う。

歩道の人波をすり抜ける。屋根から屋根に飛び移る。

行く当てもないまま、ただただふれるは街を駆け抜ける——。

悲しかった。

どうすればいいのかわからなくなるほど、ふれるは悲しかった。

彼はただ、自分の生きる場所が心地好《ここちよ》くあって欲しかっただけだ。

自分の力で、周囲が幸せになるのがうれしかった。

なのに、なぜこうなったんだろう。なぜいつもこうなるのだろう。

最初は誰もが喜んでくれるのに。いつの間にか不和が生まれて、それはとんでもなく大きく膨らんで。そして最後にはいつも、いらないと言われてしまう。

結局、今回もそうなってしまった。いらないと言われてしまった。

ビルの屋根から見下ろすと、見知らぬ人々が目に映った。

疲れた顔の人、うれしそうな顔の人、何やら険しい表情の人や、誰かと話して大笑いしている人。

……信じていたのに。

この世に沢山の人がいる中で、秋《あき》だけは自分を捨てないと信じていた。

それなのに——、

「――ふれるがいなくても、大丈夫――」


繰り返すが、ふれるに人間的な感情があると考えるのは適切ではない。

ふれるにはふれるの論理があり、道理がある。

人間には到底理解できない筋道も、そこにはある。

それでも、今のふれるの行動を支配しているのは悲しみや恐怖。その全てがごっちゃになって生まれる混乱だった。

だから――ふれるは一度身震いする。

その身体《からだ》から、膨大な量の糸が噴き出す。

人と人とをつなぐ糸。ふれる自身の一部である、それ。

その糸を無尽蔵に、街全体を覆いそうな程に、ふれるは噴き出した。

そのままふれるがもう一度走り出すと――糸は通行人に接触する。

そして、心がつながれる。反発する気持ちさえ、そのまま全て筒抜けになる――。


「――あれ？　お前今、何かしゃべった？」

「――え、何も言ってないけど。てかそっちこそ、何か言った？」

「――いやいや、何も？」

「──おいハゲって何だよ！」

「──い、言ってない！」

「──思いっきり聞こえたわ、クソ！」


「──うわキモっ！」

「──は⁉」

「──警察呼ぶわよ！」

「──なんで⁉」


ランダムにつながれる、心と心。

当然、そばの人間に内心で悪態をついていた者もいる。

それも全て、筒抜けになる。

少しずつ騒ぎが起き始めた。発生した異変に、人々が戸惑い始める。


「──ご飯、楽しみですね」

「──そ、そうですね……」

『――今日こそ告白を……！』

『――好き……』

「‼」

「……好き」

「――あんた全然何でもよくないやん！」

「――なんでもええんやって！」

「――ほなごちゃごちゃ言うんやめて」

「――何も言うてへんやろ」

「――めっちゃ聞こえてんねん」

――混乱が伝播《でんぱ》していく。

街が揺れ、人々が異変にざわめく。

日の暮れていく東京で、徐々に拡大していく騒動――。

それでも、ふれるが足を止めることはない。

どこを目指すわけでもないまま、ふれるはただ走り続けた。

それで何かが解決するわけでも、何かを成し遂げたいわけでもない。

それでもそうする以外に、ふれるにできることは一つもなかった。

「――いやだから、バイト代入ったら返すって言ったろ！」

「――は？　別に催促してねえんだけど」

「――したし！　今！」

「――してねえわ！　てかしたとしてもその態度はねえだろ！」

「――お、じゃあ一緒に対戦する？」

「――い、いいの？」

「――うん、やりたいんだろ？　やろーぜ」

「――え、僕何も言ってないけど……」

「――そうか？　まあ、とにかく公園でも寄ろうぜ」

糸を介して、人々が心を通じ合わせる。隠していた気持ちが、互いに流れ込む。

生まれる不和があった、逆につながる縁もあった。

感情がランダムに暴発し、混沌《こんとん》が乗算で拡大していく。

そして……いつの間にか。ふれるの移動経路に、少しずつ規則性が生まれていた。

遠回りをしながら、回り道をしながら、それでも徐々に「そこ」に近づき始める。

最初から無意識にそこを目指していたのだろうか。あるいは、ただただ偶然そちらに向かっていたのかもしれない。

けれど、確かなことが一つだけ。

きっとふれるは、その場所を大切に思っていた——。

そして、賑《にぎ》わう街を通り抜け、小さな川を越え。

歩道橋を上り通りを渡り——ふれるは、そこに到着した。


「——よっしゃ練習お疲れ！　じゃあ、このあとビールだなー」

「——いいね、俺もそう思ってた！」

「——え、なんか今飲みてーって言ってなかった？」

「——ああ、触ってくれても大丈夫だよ。この子、人を噛《か》んだりしないからね」

「——え、いいんですか!?」

「——そんなに触りたそうにしてたらねー」

「——うっそ、わたし顔に出てた……？」

——公園だった。

かつて、秋《あき》、諒《りょう》、優太《ゆうた》と樹里《じゅり》、奈南《なな》の五人で行った。

フリスビーで一緒に遊んだ公園に、ふれるはたどり着いていた。

日が沈み、利用者は少しずつ帰路につき始めている。

そろそろ開園時間も終わり、入り口も閉ざされるのかもしれない。

けれど——見上げれば、ナイター用の投光器が、野球場に煌々《こうこう》と光を放っていた。

頑丈そうな鉄塔に支えられた、眩《まばゆ》い照明。

そしてその向こうに広がっている、まばらに星の光る夜空——。

——ふいに、ふれるはここだと思った。

自分は、もう一度ひとりぼっちになる。

洞窟に閉じ込められたときと同じように、うち捨てられ忘れさられる。

あの孤独な時間が、また始まるんだ。

なら、今度は広い場所にいたかった。

せめて、星や太陽の見える場所で、景色の移り変わっていくこの場所で、ひとりぼっちになりたかった。

もちろん、沢山の人間がここを訪れるだろう。

自由に利用が可能な公園だ。毎日のように、人々がこの場所にやってくる。

それでも——自分の存在に気付ける人は、今や一人、だけ。

そしてその一人も、きっと自分を探してはくれないだろう——。

「——」

ナイター照明の中間で、糸を撒《ま》きながらふれるは上昇する。

無数の糸が絡《から》まり、照明の間で蜘蛛《くも》の巣《す》のような構造が生まれる。

それでもなお、ふれるは糸を吐き出し続け——。

出来上がった柔らかな繭——その中にくるまった。

まるで、羽化を待つさなぎのように。

ブランケットにくるまる、赤ん坊のように。

それは、混乱しているふれるが無意識のうちに自分を守ろうと作りだしたシェルターだったのかもしれない。内面に大きな傷を負ったふれるが、それを癒やすために作りだした病床——。

ここにいよう。

ふれるは、そう考えた。

ここにいれば、これ以上傷つくことはない。

人にふれて、いたい思いをすることもない。

だから、このままでいい。ずっとこうしていればいい。

混乱と悲しさの中、それでもかすかに機能し続けている理性で、ふれるはそう決めた。

——けれど。
そんな孤独な安寧を得て、それほど間も経《た》たないうちに。

「——！」

ふれるは、気が付いた。
この野球場の入り口に、誰かがやってきたこと。
男性が三人。諒《りょう》、優太《ゆうた》。そして——秋《あき》だ。
自分を不要だと言った彼らが、ここまでやってきた。
身を硬くするふれる。そんな動揺をよそに、秋《あき》がこちらに駆け寄ってくる。
球場一面には、ふれるの糸が張り巡らされていた。
それにふれれば、秋《あき》の身体《からだ》には痛みが走るはずだ。
普段、自分にふれたときと同じ。シンプルで、鋭い痛みが生まれるはず。
なのに——秋《あき》は鉄塔の下、垂れ下がっていた糸をまとめて掴《つか》む。
「——っ!!」
案の定、彼は痛みでのけぞる。その手を糸から離す。
……そうだ、だからそれ以上近づけない。

自分にこれ以上、接近することはできない。
それでも……意を決した様子で、秋《あき》はもう一度糸を掴《つか》んだ。
二、三度引っ張り、強度を確認する。
そして——登り始めた。
まとめた糸をたよりに、鉄塔をよじ登り始めた——。
——何をしている？
ふれるには、その行動が理解できない。
もう、自分はいらなくなったはずだった。
洞窟に閉じ込められたときと同じように、誰も必要としてくれなくなったはずだった。
あの頃だって、仲の良かった人間が何人もいる。
彼らは自分に食べ物をくれ、ともに遊び、痛みに耐えながらふれてくれた。
とても幸福な関係だった。
けれど、島で争いが起こり、一人また一人と自分の元を去っていった。
閉じ込められてからは、誰かが会いに来てくれることすらなかった。
今回も、そうなるはずだった。なのに、一体何を。
その手には、今も痛みが走り続けているはずなのに……。
「あのとき」

こちらを見上げ、秋《あき》が口を開く。

「ふれるの今までが少し見えた」

自分の今まで。洞窟に閉じ込められたあの頃のこと。

あるいは、それ以前のことや、ふれる自身思い出せない遠い昔のこと。

こちらが秋《あき》の気持ちを知ることができるように、秋《あき》にも自分のことが伝わっている。

「ふれるは人と人の間にしかいられない。ただつなげるだけ。今までずっと俺たちみたいに
……ふれるがいらなくなって、別れて。また別の人が、ふれるの力を必要として、ずっとそう
やってきた」

それは、ふれるにとって初めての経験だった。

人が自分自身について、話している。

自分自身のことを思っている。

これまで過ごしてきた長い長い時間の中で。秋《あき》の言う通り、沢山の人と出会っては別れてい
く中で、一度もなかったことだった。

「けど、そんなの!」

そこまで言って、秋《あき》が鉄塔を登り切る。

照明器具の少し下、ぶら下がったふれるを見下ろせる位置に立つ。

そして、足下を見下ろし息を呑《の》んだ。

人間ではないふれるにも、理解ができる。

その高さは、彼にとって危険だ。

そこから落ちれば、きっと秋《あき》は死んでしまう。

死という概念を、ふれるははっきりと理解できていない。

けれど、事実として理解している。

秋《あき》という精神が、この世からなくなる。もう動くことも話すこともできなくなって、気持ちが全て消え去ってしまう。

だから——繭から出た。

紡《つむ》がれた糸、その一部を生き物の形に作り替える。

秋《あき》の様子を窺う。

「……！　ふれっ……！」

秋《あき》が、こちらの変化に気付いた。

自分の名前を呼ぼうとして、身を乗り出す。

——瞬間。

「——ッ！」

強い風が吹いた。

バランスを崩し、秋《あき》の身体《からだ》が大きく傾《かし》ぐ。

二本の足が、鉄塔から離れる——。

——落ちる。

ふれるが身を硬くした、そのとき。

ギリギリのところで——秋《あき》が糸を摑《つか》んだ。

その体重を受け、糸が大きくたわむ。

弾力ではね返り、それを利用して秋《あき》は両脇に挟み込む。

ひとまず、安定。けれど、いつここから落下してもおかしくない。

油断はできない状況だ。

そんなタイミングで、

「——ほぁっ⁉」

野球場の入り口で、聞き慣れた声がする。

見れば、さっきまで受付の係員をごまかしていたらしい諒《りょう》が、

「ど、どうなってんだ、あれ⁉」

目を見開き、今にも落ちそうな秋《あき》を前に驚きの声を上げている。

諒《りょう》には今、ふれるの姿は見えない。

だから彼には、秋《あき》が宙に浮かんでいるようにしか、足場もないところでふわふわと漂っているようにしか見えないはずだ。

それは、隣に立つ優太《ゆうた》も同じで、

「そんなの、俺にわかるわけないでしょ！」

混乱を声に滲《にじ》ませ、そんな風に返している。

「く……！」

遠いやりとりを耳に受け取りながら。秋《あき》は周囲を見回していた。

空中で身体《からだ》を支えたまま、ここから取れる行動を考えているらしい。

鉄塔には、距離的に戻れないだろう。なら……という表情で、秋《あき》はふれるの方を見る。

彼の中で、決心が固まる。

ふれるに直接、気持ちを伝えるしかない――。

ときを同じくして、諒《りょう》と優太《ゆうた》も秋《あき》の元に駆け寄る。

周囲には、ふれるの糸が縦横無尽に張り巡らされていた。

それに触る度に、身体《からだ》には鋭い痛みが走る。

それでも――、

「……だっ⁉」

「あーもう！」

――二人は秋《あき》を見上げ、少しでもそばに近寄ろうとする。

彼らの視線の先で、秋《あき》は。

空中にぶら下がったままの秋《あき》は、腕に糸を巻き付ける。

そして、ジップラインの要領で、一気にふれるに近づく――。

見る見る近づく距離。

そして――彼の身体《からだ》が繭の周囲、張り巡らされた糸に搦《から》め捕られ、大きくたわんで止まった。

ふれるとは、至近距離。手を伸ばせば届きそうだ。

秋《あき》がもがく。

少しでもふれるに近づけるよう、糸をかきわけその中心に近づく。

――どうして？

ふれるは、未《いま》だ理解できないでいた。

秋《あき》のすることも、諒《りょう》と優太《ゆうた》の表情も理解できない。

なぜそんなに、命がけで自分の元へ近づこうとするのか。

近づいて、一体何をしようというのか。

……いや、正確には、そうではなかったのかもしれない。

ふれるは、理解することを拒んでいた。

きっと、強い恐怖が、過去の経験が、ふれるを未《いま》だに混乱させていた。

「――ふれる！」

そんなふれるに、秋《あき》が呼びかける。

「聞いて！　俺には、ふれるの考えていることがわからない。けど、ずっと考え続けるから！」

――考え続ける。

そんな風に思われたのだって、初めてのことだった。

どんなに仲良くなった相手も、自分の気持ちを理解しようとはしなかった。

ただ自分の力を使い、幸せになっていった。

かわいがられもしたが、それはあくまで愛玩だった。理解ではなかった。

そもそも、『考え』なんてものが存在する相手だとは、思っていなかったのかもしれない。

ふれるも、それに不満を覚えたつもりはなかった。

自分のいる『人と人の間』が穏やかであれば、それで十分だった。

けれど――なぜだろう。

秋《あき》の言葉は、ふれるの回路を酷《ひど》く揺らした。

……なんで、そんなことを言うのだろう。

もう自分のことは、必要なくなったはずなのに。

捨てられてしまったはずなのに。

そんな疑問を、まるで察知していたかのように、

「ふれるの力じゃなくて、ふれるにいて欲しいんだ！」

秋《あき》はもう一度声を上げる。

「わかるだろ⁉ ふれるには、俺の気持ちが伝わってるんだもんな！」

その台詞《せりふ》が再び、ふれるを大きく揺らした。

――秋《あき》の言う通りだった。


本当は、ふれるもわかっていた。

秋《あき》が考えていること。それだけじゃない、諒《りょう》と優太《ゆうた》の思っていることも。

今この瞬間だって。つながれた糸を通じて、三人の気持ちがふれるに流れ込んできている。


『ごめんふれる』『ふれるが大事なんだ』

『一緒にいたい』『傷つけて悪かった』

『何が起きてるんだ⁉』『秋《あき》は大丈夫なの⁉』

『俺ら、ふれるを悲しませて……』『お願いだよ、戻ってきて』

『どうか、許して欲しい』『どうすりゃ、わかってもらえるんだ』


「あのとき、ふれるに出会えたこと……」

その台詞《せりふ》で、秋《あき》の脳裏にふれるとのこれまでが蘇《よみがえ》る。

光景は、糸を通じてふれるにも流れ込む。

——海岸で三人と一匹で遊んだこと。
——買い食いのおやつをわけてもらったこと。
——こたつに入りながら試験勉強に付き合ったこと。
——免許取りたての頃にドライブに行ったこと。

そして——ふれてくれたこと。

あの日、洞窟で。
島の海岸で。
東京の、一緒に住む家で。
秋《あき》が——自分にふれてくれたこと。
「俺はほんとに、幸せだったって思ってる！」
その台詞《せりふ》で……ふれるの感情が、液体になる。
重力に引かれたのか、毛細管現象の結果なのか。
それは一箇所に——ふれるの瞳にあたる部分に集まって雫《しずく》になる。
ふれる、生き物ではないはずだった。

涙を流すなんて、生理現象があるはずもなかった。

けれど、秋《あき》たちと長く暮らしていたせいか、あるいは別の作用によるものなのか。

ふれるの内面に起きる大きな波が、今その瞳を濡《ぬ》らしていた。

感情は次から次にあふれて、今にも零《こぼ》れそうになる。

「これからも、ずっと一緒にいたい！　だからっ……！」

「──そうだぞ！　ふれるっ！」

グラウンドから、声が上がった。

諒《りょう》が──自分の姿なんて見えていないはずの諒《りょう》が、自分に呼びかけている。

「俺だって同じ気持ちだ！」

「それに！」

優太《ゆうた》まで、それに続く。

「挨拶もなしにお別れなんて、許さないよ！」

同時に、流れ込んでくる彼らの感情。

そこには、一つも嘘《うそ》はなかった。

ただただ全員が、自分のことを考えてくれていた。

大切に、思ってくれていた。

「──くっ！」

そして――秋《あき》がもう一度、こちらに手を伸ばす。
糸に搦《から》め捕られ、全身に痛みが走る。
その顔が、苦痛に歪《ゆが》んでいる。
それでも、少しでもふれようとこちらに手を伸ばし――、

「――いなくならないでくれよ！　ふれる！」

――感情が、目から零《こぼ》れた。
雫《しずく》がぽたぽたと、ふれるのつぶらな瞳から零れ落ちる。
ふれるは、もう一度自らの内面を確認する。
秋《あき》の、諒《りょう》の、優太《ゆうた》の意思は確認ができた。
三人とも、自らを強く求めている。
では、自らはどう考えているのか。存在として、何を欲《ほっ》しているのか――。
――恐怖は、消えていなかった。
人にふれるのは、酷《ひど》く痛い。
糸にふれた人間だけじゃなく、ふれる自身も痛いのだ。
そのことをはっきり理解していた。

怖かった。もう一度傷つくのが怖かった。
今でもその警戒心は、決して消えてはいない。

——それでも。
その全てを受け止めても、ふれるの中に願いがある。
そうだ、どんなに痛くても。どんなに怖くても。僕は、ふれていたい。
だから、ふれるは決心する。
もう一度、人の間で——。
痛みとともに、ずっと——。

エピローグ【それから】

「……ん？」

俺が意識を取り戻したのは、どれくらい経《た》ってからだっただろう。

ずいぶん寝ていたような気がするけれど、実際はほんの数秒だったのかもしれない。

やっと、ふれるに気持ちを伝えることができた。

きっと、ふれるもそれを受け入れてくれて、それから……、

「……！」

そこまで考えて――ようやく我に返った。

例の野球場、そのグラウンドに俺は寝転んでいる。

仰向けの俺の視界には、夜空が一杯に広がっていた。そして、そこに溶けていく小さな光の粒たち。あれはきっと、ふれるの「糸」が砕けた欠片《かけら》だ。

それから……背中に感じる、妙に生々しい感触。

「……おい」

その生々しいのから、苦しげな声が上がった。

「目ぇ覚めたなら、どいてくれ……」

諒《りょう》の声だった。

「……あ！」

気付けば下敷きにしていた。

諒《りょう》だけじゃない。優太《ゆうた》まで下敷きにして、俺はそこに寝転がっていたのだった。

慌てて起き上がろうとすると、

「うっ！」

「ぐ……」

「ご、ごめん！」

「ちょっと、ゆっくり！」

「っ痛ってぇ！」

「ああ、ごめん……」

非難を浴びながら起き上がり、その場に座り込む。

「ふう……」

「……ったた……」

諒《りょう》と優太《ゆうた》も、身体《からだ》を起こした。

そんな二人に、俺は短く言うべきことを考えてから、

「えっと……ありがとう、二人とも」

「いいよ」

「んで？」

「……？」

「結局、言いたいこと全部言えたか？」
ニヤリと笑い、諒《りょう》は尋ねてくる。
俺の、言いたかったこと。ふれるに伝えたかった気持ち。
「あー、うん。言えたと思う……」
言いながら、俺は空を見上げる。
ふれるの糸。その断片の光が、今も残る空。
その粒は、一つずつきらめきを放って消えていく。
きっと、あと少しで全てが夜空に溶けて、なくなってしまうんだろう。
──言えた。
そう、思う。
話すのが苦手だった。気持ちを伝えるのが、酷《ひど》く難しかった。
だから、子供の頃は暴力に頼ったりもした。
そのあとは、ふれるの能力に甘えっぱなしだった。
けれど、やっと口にできたと思う。
俺は、俺の大切なことを、言葉にして伝えることができた。
相手の気持ちを必死に考えて、間違ってるかもしれないけど理解することができた。
きっと、そうやっていくしかないんだと思う。

人にふれるのは怖い。これからだって、失敗するだろう。痛みも覚えるだろう。

それでも、そうやって考えて、伝えて、成功したり失敗したりを繰り返すしかない。

ふれるが願っていたことと、同じだ。

俺もそうやって、人にふれていたいと思う。

そんな気持ちを、最後にふれるに伝えられただろうか。

糸を通じてじゃなくて、ちゃんと言葉にして、届けられただろうか……。

……わからないな。

俺は、ふれるじゃないからわからない。

だから、考えるしかないし、尋ねられるなら尋ねるしかないんだと思う。

だから——聞いてみよう。ふれるに。

「どうだった？　ふれる」

尋ねながら、俺は握っていた拳を開いた。

そこには——、

「——はぁ⁉」

——ふれるがいる。

諒《りょう》と優太《ゆうた》が驚き丸くする、その目の先。

ふれるが……綿毛を生やしたたんぽぽみたいなサイズのふれるが、俺の手の平に載っていた。

ずいぶんと、小さくなっちゃったな。

きっと糸をまき散らして、ここまでのサイズに縮んじゃったんだろう。

「ちょ、どういうこと⁉」

「え？　それふれるか⁉」

困惑している諒《りょう》と優太《ゆうた》。

そりゃ驚くよな、サイズがこれまでと全然違うし。

それでも、手に走るかすかな痛みではっきりわかる。

これは、ふれるだ。

俺が洞窟で出会い、一緒に育ってきたふれる。

それが、今もここにいてくれている――。

「――コラ！　だから勝手に……」

ふいに、グラウンドの入り口から怒鳴り声がした。

しまった、管理人だ。

この野球場は登録者しか利用できない。諒《りょう》が上手《うま》く言いくるめて気を逸《そ》らしていたけど、さすがにこっちの様子に気付いたらしい。

「……うおっ！　何だこりゃ、光ってる⁉」

空を見上げ、管理人はようやくその異変を察知する。

「蛍？　花火？　おわ――……あ！　スマホスマホ！」

「やべっ」

「とりあえず行こ！」

「おう！」

諒《りょう》と優太《ゆうた》が、そそくさとその場に立ち上がる。

スマホをまさぐっている管理人に気付かれないよう、忍び足で出口へ向かう。

そして、諒《りょう》がこちらを振り返り、

「ほら、秋《あき》も早く！」

「……うん」

うなずき返し、俺も立ち上がる。

そして、手の平の中のふれるをもう一度眺めて、
そうつぶやいた。

「行こう」

手の上で、小さくなったふれるは、うれしくてたまらない様子でグルグルと回っていた――。

本書に対するご意見、ご感想をお寄せください。

ファンレターあて先
〒 102-8177　東京都千代田区富士見 2-13-3
電撃文庫編集部
「岬 鷺宮先生」係
「ヤス先生」係

本書は書き下ろしです。

電撃文庫

ふれる。 Spin-off

Wanna t(ouch) you

岬《みさき》 鷺宮《さぎのみや》

2024年10月10日　初版発行

発行者　山下直久
発行　株式会社KADOKAWA
〒102-8177　東京都千代田区富士見2-13-3
0570-002-301（ナビダイヤル）
装丁者　荻窪裕司（META＋MANIERA）
印刷　株式会社暁印刷
製本　株式会社暁印刷

●お問い合わせ
https://www.kadokawa.co.jp/（「お問い合わせ」へお進みください）
※内容によっては、お答えできない場合があります。
※サポートは日本国内のみとさせていただきます。
※Japanese text only

※定価はカバーに表示してあります。

ISBN978-4-04-915980-6　C0193　Printed in Japan

電撃文庫　https://dengekibunko.jp/